薛保勤朗诵诗选

给灵魂一个天堂

天堂——致青年

A paradise for the soul
—to the youth

薛保勤 ◎ 著

陕西师范大学出版总社有限公司

图书代号　WX13N0035

图书在版编目（CIP）数据

给灵魂一个天堂：致青年 / 薛保勤著 . 一西安：陕西师范大学出版总社有限公司，2013.1

ISBN 978-7-5613-5526-8

Ⅰ.①给…　Ⅱ.①薛…　Ⅲ.①诗集－中国－当代　Ⅳ.①I227

中国版本图书馆CIP数据核字（2013）第016266号

给灵魂一个天堂
——致青年

薛保勤　著

出版统筹	刘东风
策划编辑	郭永新　侯海英
责任编辑	姚蓓蕾　安　雄
美术编辑	田　丹
装帧设计	年代文化
出版发行	陕西师范大学出版总社有限公司 （西安市长安南路199号　邮政编码710062）
网　　址	http://www.snupg.com
印　　刷	中煤地西安地图制印有限公司
开　　本	889mm×1194mm　1/32
印　　张	9.25
插　　页	5
字　　数	158千
版　　次	2013年1月第1版
印　　次	2013年1月第1次印刷
书　　号	ISBN 978-7-5613-5526-8
定　　价	26.00元（附光盘1张）

读者购书、书店添货或发现印刷装订问题，请与营销部联系、调换。

电话：（029）85307864　　传真：（029）85303879

薛保勤，生于1955年。1982年毕业于西北大学中文系，编审、硕士研究生导师。插过队、当过兵，做过记者、编辑、主编，现从事新闻出版管理工作。工作之余，关注人文。著有《现实 未来与人》《善》《从「红色革命」到「绿色革命」》《我在悉尼当「部长」》《青春的备忘》《送你一个长安》等著作。有两部作品获全国精神文明建设「五个一工程」入选作品奖，一部作品获柳青文学奖。诗歌《送你一个长安》被选为「2011西安世界园艺博览会」主题歌。

西安城里的神仙

熊召政

2011年，在西安举办的世界园艺博览会的开幕式上，韩磊演唱的主题歌《送你一个长安》引起了大家的注意，并获得广泛好评。这首歌的词作者是薛保勤先生。歌词紧扣西安古城的历史与当下，警句多多，如"送你一个长安，一城文化，半城神仙"，听一遍我就记住了，并且再不会忘记。因为这两句话不仅抓住了西安的人文特点，且非常传神。

我曾说过，西安是我精神家园的一棵老槐树。远方的游子回到故乡，远远看到村口的那棵老槐树，就立刻找到了回家的感觉。我每次到西安，当飞机越过秦岭，从舷窗俯瞰渭河平原上的烟村城郭时，我的心中就有游子回家的感觉。让我产生这种感觉的理由，就是薛保勤先生所说的"一城文化，半城神仙"。

西安这座城，无论男女老少，还是士农工商，都喜爱文化。文化在别的城市，虽然发展，虽然繁荣，但只是文化人的事。西安似乎全民都爱文化，在这座城市里当一个文化人，自然就成了神仙了。

薛保勤先生就是这样一个神仙。

薛先生身材如鹤，不加修饰，看上去就有点仙风道骨。古人有一副联"海为龙世界，云是鹤家乡"，我每次见到薛先生，就想到这副联，特别是看到他点燃纸烟吞云吐雾的时候，就更是觉得他是一只云鹤。抽烟是个坏习惯，但对于他似乎不可或缺。

薛先生长期担任文化官员，但很难从他身上看到官气。朋友相聚，他既不眉飞色舞，也不一本正经，总是眯眯笑。但是，三两杯酒后，他的诗人气质就表现出来了。

他在读大学时就喜欢读诗、写诗。这个雅好，不但没有随着学生时代的结束而中止，也没有随着岁月的流逝而中断。过了天命之年后，他的这个嗜好反而越来越割舍不下了。这部最新编辑的朗诵诗选《给灵魂一个天堂——致青年》就是一个明证。

收在这个集子中的近百首诗，都是音韵铿锵适合朗诵的。朗诵诗在上世纪的五十年代至八十年代之间，曾经风靡中国。很多著名诗人的诗作都是可以朗诵的。如贺敬之、郭小川、光未然、闻捷、李瑛等人的一些诗作，因为朗诵而脍炙人口。但自上世纪九十年代，特别是本世纪以来，朗诵诗已经不再能吸引听众了。这种变化不能算作时代的进步，因为在国外，比我们发达的国家，如美国、法国、英国等，经常有诗歌朗诵会，举行的地点一般在图书馆或咖啡厅，对于他们来讲，这是文化的传统。中国本来也是有这个传统的，但丧失得太快。此情之下，像薛保勤先生这样专门出一本朗诵诗选，便属于难得的坚持了。这样的诗人，这样的一本诗集在西安问世，足以证明薛保勤先生对西安"一城文化，半城神仙"的赞誉不是虚言。

薛先生在本集收录的《致青年》这首诗中，写了这样几句：

心中有梦　　就有理想

心中有爱　　就有期盼

心中有歌　　就有旋律

心中有善　　就有圣贤

这格言似的诗句，反映了他的生活态度。在当下这个时代，做一个有理想、有真爱的人，需要很大的勇气和长久的坚持。我曾在一篇文章中说："这个时代可能不需要诗歌，但我生命的每一天，都必须有诗歌来滋润"。读了薛保勤先生的这部诗集，就很容易引他为知己，祝愿薛先生在西安城中好好地当一个"神仙"。

2012年3月18日旦闲庐

采一缕白云　做心花一朵　捋一把乡愁　不抱怨生活

张红春　（中国书协会员，陕西省于右任
书法学会副会长，陕西省文史馆研究员）

目 录

上篇　岁月的回想

下篇　诗之缘

后记 / 261

路断人稀绝胜处　满目红叶散秋香

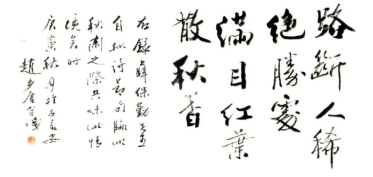

赵步唐（西安美术学院教授，著名画家、书法家）

上篇　岁月的回想

陈志农

半城神仙

张　飙（中国书法家协会顾问、原副主席）

送你一个长安

送你一个长安
蓝田先祖
　　半坡炊烟
幽王烽火
　　天高云淡
沿一路厚重走向久远

送你一个长安
恢恢兵马
　　啸啸长鞭
秦扫六合
　　汉度关山
剪一叶风云将曾经还原

送你一个长安

美女江山

　　瘦燕肥环

灞柳长歌

　　恨海情天

摘一缕情丝审视昨天

送你一个长安

李白杜甫

　　司马长卷

华夏锦绣

天上人间
采些许诗意观照明天

送你一个长安
西风残照
　　皇家陵园
唐风汉韵
　　辉煌惨淡
留一份清醒告诫今天

送你一个长安

秦岭昂首

　　泾渭波澜

科教高地

　　中国名片

以奋飞的姿态抒写盛世经典

送你一个长安

一城文化

　　半城神仙

长箭揽月

　　飞豹猎犬

借今古雄风直上九天

送你一个长安

回首沧桑

　　一望千年

送你一个长安
　　体味大唐
珍重长安

送你一个长安
　　再加一份祝福
送你一个长安
　　还有祥云一片

将军，你不要流泪

　　一场共和国前所未有的抗灾大营救，在十多万平方公里的地震灾区展开，一百多位将军率十多万大军出生入死、决战疆场。他们中间有共和国的少将、中将、上将……他们彰显着人民子弟兵的忠诚，也有着壮士的侠骨柔肠。废墟旁，一位少将为一个压在废墟中曾有生命体征的孩子未能及时救出，而老泪纵横……

当恶魔撕裂大地　山河破碎

苍天垂泪　沧海垂泪

你领命临危

　　千军万马　振臂一挥

当百姓饥寒交迫　生命垂危

江河垂泪　草木垂泪

你劈山开路

　　关山飞度　无坚不摧

当大山将学校吞噬　青春被毁

山川垂泪　生灵垂泪

你指挥若定

　　声若惊雷　骁勇无畏

忘我　肩负着使命的忠诚

搏击　构筑起救生的堡垒

顽强　燃起一支支希望的火炬

奋争　奋争得无怨无悔

目睹家破人亡　仰天长跪

　　你饱含着泪

环顾片片废墟　残肢断臂

　　你强忍着泪

面对儿亡母悲　撕心裂肺
　　你抛洒着泪
闻听一声声被救的生命的呼唤
　　你纵横着泪

将军，你不要流泪
军人有责不洒泪
老百姓的天平上有你们的视死如归
孩子们的记忆中有叔叔擎天的光辉

将军，你不要流泪
男儿有爱不弹泪
共和国的史册里有你和你的团队
华夏儿女的心目中有你们的丰碑

将军，我们不流泪
大爱筑忠魂

大难显军威

国殇盼忠良

国兴有我辈

青海湖的红嘴鸥来了
吟诵着：熊宁、熊宁……
玉树州的布谷鸟来了
鸣叫着：永恒、永恒……

大爱无垠

青海湖的红嘴鸥来了

吟诵着：熊宁、熊宁……

玉树州的布谷鸟来了

鸣叫着：永恒、永恒……

没有惊天动地

一切都很普通

一个女孩儿用自己的善良

感动了一座古城

不是大智大勇

一切都很淡定

一个青年用自己的生命

让两个民族为之动容

将温暖送给最需要暖的孩子
尽管自己并不是富翁
把温情送给最需要情的贫穷
尽管自己常有着无助的困窘

的确普通
只做了任何一个有爱的人
　　都能做的事情
用自己孱弱的肩挑起救孤的梦
执著，担当得辛劳但却平静

的确淡定
要不是发生意外
你所追求的爱
　　还将延续着默默无闻
用含笑的热抚慰孤苦伶仃
真诚，付出得平凡但却恢弘

谁说今天只剩下了金钱的冰冷
你用滚烫的心诠释了爱的永恒
谁说当今只有世俗的冲动
你给冰雪的世界送去美丽的火种

唐古拉的雪水冻了又化了
　　折射着一个柔美的身影
钟楼的钟声停了又响了
　　传扬着一个悠悠的英灵

青海湖的红嘴鸥来了
吟诵着：大爱无垠、无垠……
玉树州的布谷鸟来了
鸣叫着：永恒、永恒……

咸 阳 吟

　　咸阳乃秦之国都，汉有渭城，纵横人文，有咸阳古渡，有《阳关三叠》，有渭城朝雨，有客舍青青，有柳色新新……

（一）

我是咸阳古渡的那艘老船

我是船上那幅舞动的白帆

挟着辽远的风走向今天

梳理斑驳的岁月

翘首常新的家园

漫漫征程的悲壮

黎民百姓的苦难

大秦帝国的辉煌

梳理斑驳的岁月
翘首常新的家园

一望千年的期盼

曾经

战马嘶鸣

战尘弥漫　妻离子散

如今

沉舟侧畔

坦途通天　如梦如幻……

（二）

我是《阳关三叠》的那根老弦

我是弦上那抹相思的幽兰

绕梁千年梦牵秦川

吟咏不老的情

悠扬相知的缘

别时难的感伤

见亦难的凄婉

悲壮苍凉的远行

小桥流水的柔绵

悠远的牵挂

无眠的咏叹

民不聊生的凄惨

长治久安的呼唤

一咏千年

　千年一叹

　情结千千

（三）

我是劝君更进一杯酒的那个老坛

我是牵挂故人的那双凄迷的眼

生离死别　望眼欲穿

西风瘦马　古道狼烟

丝绸之路春风不度的孤独

还我河山班师回朝的狂欢

春华秋实的得意

恶者得逞的弹冠

酒　丈量着喜悦的长短

眼　审视着历史的深刻与浮浅

光荣与梦想

巍峨与惨淡

蒙昧的得志

文明的招展

俱往矣！

那艘船风正潮平挂云帆
那幅帆直立潮头向云天
那坛酒祝君人生三万里
那双眼满目流芳一万年

一 夜 千 年

——丽江印象

水　　悠闲着　　在古城散漫

灯　　通红着　　在夜空璀璨

水　　摇曳着　　岸上的霓虹

岸　　充盈着　　水色的流盼

丽江的古街呦

一个晚上我们走了千年

我丈量着古城的千年

这一步是唐

　　　唐时斑驳的石板

那一步是宋

　　　宋朝残留的门槛

下一步是元

"小桥、流水、人家……"的门脸儿
我检点着古城的千年
　　流韵的纳西古乐
　　绕城千年　余音绵延
茶马古道的客栈
　　犹闻繁华　犹觉茶暖
"古道、西风、瘦马……"
　　远行问天　虽嫌凄清
　　却成绝唱　蔚为壮观

水　悠闲着　携着雪山的呼唤
灯　通红着　点化着沧桑的铺面
啊　那个小城
一夜　我走了千年

问　天

——兵马俑祭

问天

那张铅灰色的脸

透过秦扫六合的烟尘

回望焚书坑儒的惨淡

一问两千年

落叶满长安

问天

那双紧握的拳

检点周秦汉唐的辉煌

梳理血与火的喜忧参半

一握两千年

残月笼长安

问天

那双凄迷的眼

审视岁月的瘢痕

追问高尚与贪婪

一望两千年

秋风扫长安

问天

那支骁勇的地下军团

守望虚幻的辉煌

见证华夏的威严

一叹两千年

秋声漫长安

问天

那柄尘封的剑

遥指天上

直对人间

天上人间

一指两千年

华夏盼长安

俑 的 自 述

我原本是一块微不足道的泥团
先人们精湛的技艺
让我躺在始皇帝身边
历经沧桑事　尘封两千年
一经出土便成了经典

我斜倚在二号坑一个不起眼的边缘
下半身早已残缺
　　　双腿已成碎片
上半身尚且完整
　　　一张铅灰色的脸
还有一双能望天的眼

我体验过恢恢军阵的辉煌

大秦帝国秋风扫落叶的威严
我感受过残肢碎体的惨淡
血流成河、尸横遍野的悲惨
惨淡的辉煌与辉煌的惨淡

我接受着人们的审视、惊讶与感叹
实际上我仍然是一块烧制了的泥团
还是擦擦先人们头颅上蒸腾的热汗
想想喘息背后沉重的酸与凄楚的甜

千万不要把我当经典
我不过是一块烧制了的泥团

太宗何壮哉　巍峨迫九天　远眺太白雪　坐拥大秦川
贞观流千古　镜鉴正衣冠　民似千江水　舟行万里山

太宗何壮哉 巍峨迫九天 远眺太白雪 坐拥大秦川
贞观流千古 镜鉴正衣冠 民似千江水 舟行万里山

薛保勤诗
雷珍民书

雷珍民（中国书法家协会理事，陕西省书法家协会主席）

在陕北　歌

在高原

把信天游撕成碎片撒向蓝天

一种苍凉

一种辽远

一种奋飞的壮阔

一种苦涩的浪漫

长天悠扬着曾经的峥嵘

群山回荡着豪放的达观

歌拉着犁剖问大地

犁带着歌叩击长天

呵呵

吆牛的汉子

好一个神仙

在陕北 老农

刀刻的皱纹将苦涩绽放

酸楚的花也有着独特的芬芳

要不

咋有信天游一无所有的豪壮

要不

咋有说书人悲欢离合的激扬

苦难锻造着生命的顽强

生命昭示着苦难的辉煌

要不

咋有却道天凉好个秋的安详

要不

咋有曾经沧海的包容与善良

在 陕 北　听 山

在山里
听山的喘息

沉重的是黄
清纯的是绿
热烈的是红
柔情的是树的私语
听月光下小河的溪流
拎一串信天游送给你

呵！在山里
听山的喘息

在 陕 北 山 汉

不要说

山里的汉子只会援攀

彪悍的身躯

挺起来就是一座山

不要说

走出莽原的男儿讷于言

通红的脸膛

笑起来就能染红一片天

嘹一嘹嗓子

信天游就钻进了云里边

舞动着腰鼓

潇洒的烟尘就像一幅抖动的帆

不知道什么叫勇敢

却在九曲黄河撑过九十九只船

不炫耀曾经过艰险

生命的火流淌在悬崖峭壁间

耕耘着大地飞溅着汗
风雨中有一张沧桑的脸
播撒着生命收获着甜
山顶上有一双守望的眼

搂一把黄土长望着天
大山的儿子恋着山
满怀着希望向太阳走
天底下最美的是山里的汉
呵呵
山里的神气
山神的浪漫

在陕北 雾

雾　弥漫着

遮蔽了多少期待和峥嵘

雨　飘渺着

流韵的山泼墨般厚重

绕村的河流淌着空灵

村姑们如精灵在婀娜中戏风

烟雨的茅棚翘首大河东去

柳下的老翁寻觅扁舟钓绿的梦

怀古吗?

山朦胧

不仅是骚人回望遐思的天空

绿葱茏

不仅是桃花春雨江南的萌动

高原的雾呵

黄的久远

红的激情

绿的生生

一首水墨滋润的诗

一幅烟花三月的梦

走进延安

走进延安
　　带着久违的期盼
再听听苍凉的信天游
再看看奔放的山丹丹

走进延安
　　带着对红的眷恋
看一眼杨家岭的五角星
吃一口老房东的小米饭

走进延安
　　带着对奋斗的感念
握一握南泥湾的老镢头
刨几颗香喷喷的山药蛋

走进延安
　　带着鱼水情深的甘甜
摸一摸那块人民救星的匾
重温为人民服务的庄严

走进延安
我知道
群众是本
　　乡亲是船
百姓是地
　　民心是天

走进延安
我明白
成功的背后
有邻家老汉送的军粮
有房东大婶纳的鞋垫
还有手推车、小米饭

信天游、山丹丹……

走进延安

我清醒

忘记过去就意味着背叛

谁忘记了历史

历史就会让他加倍偿还

守甜理应思苦

饮水更当思源……

山丹丹

在大山的夹缝中生长

伴着九曲黄河的激浪

在高原的峰头热烈

用红，观照着岁月与沧桑

风雨中昂首

峭壁间张扬

将高天厚土点染

让世界不同凡响

浓郁

洋溢着高洁的芬芳

优雅

流淌着孤傲的清香

热烈

洋溢着火样的风华

雍容

秀一坡蓬勃的奔放

在窑畔上低吟

　　眷顾着百姓的恓惶

在背洼里浅唱

　　放飞着庄稼汉的梦想

没有信誓旦旦

　　却伴随着地老天荒

从不好高骛远

　　坚守着属于大山的苍凉

　　注：山丹丹，百合科，多年生草本，野生于山坡，多在黄土高原的阴坡上与杂草伴生。因其花色鲜红、生命力极强受到人们的喜爱，是百合属中分布最广、纬度偏北的一种。

井冈题照

（一）

一张老兵和小兵的照片
一幅尘封已久的画面
尚有秋收起义的余温
犹闻围追堵截的硝烟

小兵说：首长，很酷
你有南昌起义的威武
你有弹尽粮绝的乐观

老兵说：小鬼，很甜
你有朱毛小道的熏染
还有走投无路的历练

照片已经模糊

历史归于平淡

却承载着——

曾经的"酷"，久远的"甜"

（二）

一张中年与少年的照片

一幅久违了的红色经典

衣衫褴褛但透着向上

瘦骨嶙峋却英气冲天

少年说：真好！在你身边

虽然一无所有

但我有了信念

微微的笑容中有座巍峨的碑

细细的皱褶里有名利的恬淡

中年说：真好！与你为伴

虽已日近西山

但我们的事业有明天

为了主义，奋斗的路会走得很远

打磨的人生定会色彩斑斓

照片虽然已经发黄

精神却定格在永远

井 冈 随 想

井冈竹

绣群峰

劲节显恢弘

百里碧涛连天起

燎原之火赖工农

朱毛舞大风

井冈松

云霄中

铁骨傲苍穹

腥风血雨立潮头

金戈铁马炮声隆

大任伴忠诚

井冈云

几多情

凄切埋心中

娇妻送郎上战场

慈母痛别儿远征

无情胜有情

井冈碑

祭英灵

四万未了情

胸怀大众忘生死

献身主义照汗青

漫山杜鹃红

井冈灯

连天明

八角有雄文

茨坪霓虹醉游人

干院寂静有书声
夜半灯笼红

井冈月
率群星
朗朗揽长空
抚今追昔民为本
先贤创业我守成
和谐奔大同

井冈松
云霄中
铁骨傲苍穹

拉着你的手

拉着你的手

跟着红星走

满怀热望铁马冰河

随你竞风流

拉着你的手

跟着希望走

山高水长风疏雨骤

伴你写春秋

拉着你的手

追着太阳走

无怨无悔云卷云舒

陪你书锦绣

拉着你的手

朝着明天走

心无旁骛长歌劲舞

与你共回首

嘉陵江随想

曾经

一江萧瑟弥漫着愁

曾经

一江风华飞扬着不尽的风流

腥风血雨的中国

走到了十字路口

歌乐山

光荣与梦想

卑鄙与阴谋

正义与邪恶

在这里厮杀交手

白公馆

光明被黑暗凌辱

凌空的鞭子激起忠魂的怒吼

渣滓洞

高尚被龌龊玩弄

罪恶的竹签无奈高贵的头

主义在烈火中永生

生命在杀戮中蓬勃　孜孜以求

叛徒偷生了

乞求所谓的荣华、所谓的富有

却沦为小丑

被江河唾弃

被大山诅咒

高贵者夭折了

可能被下流封喉

但却神风神韵神采依旧

江姐坚韧

用孱弱的肩挑起大义

陈然坚强

用大笑和脚镣续写春秋

许云峰坚定

用淡定走到生命的尽头……

.

历史已经翻过很久很久

大山这样呼喊

江河这样倾诉

一个人如果没有了精神

就如同行尸走肉

一个人如果只有物欲的追求

那就只配做金钱的走狗

纸醉金迷的满足是可悲

弹冠相庆的欢乐是可怜

声色犬马的炫耀是卑微的作秀

精神高贵

人生才可能风流

生命雍容

世界才可能风流

岁月的回响

——参观十一届三中全会会场有感

一间大教室

一座小礼堂

很难想象

"解放思想"启蒙的号角

就是在这里吹响

于是，中国有了摧枯拉朽的力量

还是那些话筒

还是那片灯光

很难想象

"改革开放"的大门

就是从这里开启

于是，中国有了让世人瞩目的模样

还是那些桌椅

还是那些门窗

很难想象

"向前看"的大船

就是从这里起航

于是，中国崛起在世界东方

在这里——

　　是那个老人将中国的眼睛拨亮

　　破除"两个凡是"的宣言

　　校正中国的航向

　　他伴随着中国的潮起潮落

　　　　饱经沧桑

于是真理标准的文章

让多灾多难的中国冲破蒙昧的屏障

在这里——

　　是那个老人

　　"实事求是"的投枪

让中国有了理性的思想
他站在历史转折的潮头
引领时尚
于是开拓进取的雄姿
让老态龙钟的中国放飞青春的梦想
……

历史是今天对昨日的追忆与回想
解放思想，我们不应该淡忘
历史是明天对今天的延续与期望
解放思想，那条路依然漫长

太空，那抹中国红

　　2010年9月5日午夜，西昌卫星发射中心，长箭高炫，灯火通明，塔台青烟缭绕飞升。身临其境，感慨、感怀、感念、感动，油然而生……

大西南的夜空

大凉山的夹缝

一群揽月的汉子

一簇流韵的华灯

擎天的长箭

耀眼的"长征"

群峰挽起巍峨的臂膀

大地以庄严向你致敬

万众瞩目

万籁俱静

月亮睁大了期盼的眼睛

地球用肃穆为你壮行

点火！

"十、九、八、七、六、五……"

升腾

零点的峡谷璀璨着轰鸣

夜空被捅开一个通红的窟窿

长天游走着斑斓的虹

飞腾的中国龙

浪漫的中国梦

噢

太空飘逸的那抹中国红

携着中国的精气神，远行……

这条龙很亮很亮

这个梦很红很红

这份情很重很浓

把灵魂打扫干净

——致友人

把灵魂打扫干净

　　心灵会多几分沉静

把理想用追求界定

　　境界会得以提升

把心情用恬淡调整

　　生活会变得轻松

把酸楚用超然幻化

　　会有另一番人生

世间的事

　　不必件件认真

心灵的壁垒

　　往往容易沟通

生活的事

　　　不必事事洞明

朦胧的世界

　　　常常会有诗情

生活不会愧对执著

友谊不会辜负真诚

希望不会愧对热望

理解不会辜负宽容

成功不会愧对准备

人生不会辜负勤恒

泸沽云

云是山的翅膀
山是云的脊梁
云在群峰间开合
山在云隙中跌宕

鲲鹏展翅的恣肆
群鸥竞飞的翱翔
温柔似水的恬静
上下翻腾的张扬
绵延无际的辽阔
光芒四射的金黄

山因云而悠远
云因山而苍茫

清晨，你是山间流韵的光

午后，你是蓝天洁白的衣裳

黄昏，你是夕阳橘红的盛装

夜晚，你用朦胧柔美着月亮

午夜的泸沽啊

轻罗摇荡

晓雾依偎着绵延的木屋

炉膛的火将摩梭人的脸庞点亮

神秘的窗

打开了阿夏们走婚的天堂……

云 水 谣

水是天上的水
天是水中的天
天水的交融
就有了这不同凡响的烂漫

草是水中的草
蓝是天上的蓝
不经意的组合
就有了会思想的草的期盼

莫道闹市风流好　人间最忆唯山水

莫道闹市风流
游好人间最忆
唯山水

迎宝勤先生句留念
肖云儒
壬辰春日

肖云儒（著名文化学者，书法家）

泸沽水

天在水中竞秀
水映五彩天光
几多湛蓝
　　几团金黄
一派火红
　　一湖奔放

水中的生灵
神奇、繁忙
草在浪里挺拔
花在潮中流芳
风助波起云涌
鸭戏飞流短长
碧水清波银浪
船飞鱼跃草香

摇一叶扁舟

披一缕秋风

沐一身暖阳

用心感受着轻柔

用情体味着温良

用意透视着清澈

用桨抚摸着你的脸庞

泸沽湖上

　　碧波摇荡

心随云走

　　我心神往

意随水流

　　我心飞翔……

注：泸沽湖，位于四川省凉山彝族自治州盐源县与云南省丽江市宁蒗彝族自治县之间，素有"高原明珠"之称。泸沽湖畔永宁聚居区的摩梭人实行"男不娶，女不嫁"的"走婚"制度。

历史的交响

——两千岁的剧场

　　站在埃皮道罗斯露天剧场看台上，走进了历史，走进了古希腊曾经的辉煌，历史在与今天交响……

（一）

两千多岁的殿堂
两万多人的剧场
两千年前的恢弘
两千年后的探访

两千年前
　　这里的文明为世界启蒙
两千年前
　　这里的大剧威武雄壮

两千年间
　　这里的文明屡被野蛮蹂躏
两千年后
　　这里精神的灯塔依然辉煌

审视悠远的舞台感受岁月的沧桑
静坐斑驳的看台想象曾经的灵光
寻觅飘摇的余音追梦余音的光芒
回望依稀的历史放飞千年的向往

绵延不绝的往者
丈量曾经的巍峨
若有所思的去者
检点文明的哀伤

（二）

两千岁的剧院
两万人的殿堂
回望当年的喧嚣

捕捉曾有的绝响

没有穹顶
但却金碧辉煌
没有话筒
但却声名远扬
没有演出
却幻化着金戈铁马
没有演员
却洋溢着儿女情长
两千岁的剧院
两万人的殿堂
两千年的遗韵
两千年的绝唱

两千年的风对雨说
生活、艺术、向往……
两千年的雨对风说
精神不老山高水长……
两千岁的舞台对来者说

珍重过去要学会守望……
两千年后的来者对舞台说
精神不老我们坚守理想……

　　注：埃皮道罗斯露天剧场，建于公元前4世纪中期，规模巨大，可容纳25000名观众，是希腊古典后期建筑艺术最伟大的成就之一。古希腊剧场起源很早，基本造型是利用山坡地势，观众席逐排升高，呈半圆形，并有放射形的通道。表演区是剧场中心一块圆形平地，后面有化妆及存放道具用的建筑物。这里不仅是娱乐场所，也是自由民集会的地方，规模宏大。

阿尔卑斯山的云

　　清晨，从阿尔卑斯山脚下的奥地利袖珍小城因斯布鲁克出发，往德国慕尼黑，穿行在阿尔卑斯山。一路雾起雾落、时淡时浓，风起云涌、时阴时晴；时而如大海般汹涌，时而似小溪般柔情，时而蓝天如洗，时而烟雨迷蒙，时而彩云奔涌。看飞短流长，悟百态人生，沿途手机记趣——

用一抹绯红点化黛绿的神韵

用一片洁白映衬伟岸的神圣

浓淡相宜的是端庄

稍纵即逝的是流萤

哦，那是云

用大海的包容簇拥险峻的光荣

用激扬的流韵升华奇秀的恢弘

星星点点是清醒

生生不息是忠诚
哦，那是云

用奔腾汹涌延伸不息的生命
用喷薄欲出张扬狂放的本能
金碧辉煌是虚无缥缈
若即若离是一往情深
哦，那就是云

用超然俯瞰山的凋零与葱茏
用雨雾滋润河的温柔与放纵
时隐时现是风度
闲庭信步是从容
哦，云样的人生

夜静踏云看五台　莲花朵朵脚底来　终南送我千秋月　我将星辰揽入怀

夜静踏云看五台，莲花朵朵脚底来。终南送我千秋月，我将星辰揽入怀。

志强保勤先生雅正
庚寅冬　鲁韵改民

王改民（陕西省书法家协会副主席、秘书长）

给灵魂一个天堂

給靈魂一個天堂

不說傘挂是什麼模樣 不說愛的地久

天長化一片蓝天給白雲一個撒歡的

牧場 不說海枯石爛 不說地老天荒

變一輪明月讓心在彼此的星空飛

翔把熱烈珍藏讓生活決定情感的

走向筑一座巢給心找一個說話的地方

把熾熱蒸餾成水把冲動

熘化成香給靈魂一個天堂

庚子年春月錄佚名先詩
邢東作於京安

邢　东（著名画家）

中篇　给灵魂一个天堂

余光中题

心中有绿就有春天　心中有禅就有恬淡

薛保勤诗一句

壬辰年端阳节 倪文东于京华

倪文东（北京师范大学书法专业教授，博士生导师）

致 青 年

心中有绿　就有春天
心中有美　就有璀璨
心中有花　就有烂漫
心中有禅　就有恬淡

心中有梦　就有理想
心中有爱　就有期盼
心中有歌　就有旋律
心中有善　就有圣贤

心中有山　就有伟岸
心中有海　就有浩瀚
心中有云　就有浪漫
心中有真　就鄙视肤浅

心中有竹　就有劲节

心中有松　就有凛然
心中有梅　就迎风傲雪
心中有神　就将荣辱笑谈

心中有高尚　就有庄严
心中有尊贵　就远离下贱
心中有诚朴　就追求平凡
心中有坚韧　就漫道雄关

心中有灯塔　就一往无前
心中有热望　就不怵严寒
心中有母亲　就珍惜寸草
心中有大地　就不愧苍天

心中有月色　就有纯真
心中有阳光　就有灿烂
心中有秋风　就万山红遍
心中有山泉　就流长源远

呼　唤

没有雨的日子

风在将你呼唤

微风中感受大爱的情缘

泪水模糊了你的容颜

我们期待得太久太久

分别却如此简单

请告诉我，你在哪里

我将用心把你陪伴

没有风的日子

雨在将你呼唤

细雨中倾听微笑的无言

山花释放着芬芳的温暖

我们渴望得太久太久

远行却如此突然

不要告诉我，你在哪里

你已走进我的心田

注：这首诗是作者为电影《清风碑》所写的主题歌歌词。

给灵魂一个天堂

不说牵挂是什么模样
不说爱的地久天长
化一片蓝天
给白云一个撒欢的牧场

不说海枯石烂
不说地老天荒
变一轮月亮
让心在彼此的星空飞翔

把热烈深藏
让生活决定情感的走向
筑一座巢
给心找一个说话的地方
把炽热蒸馏成水
把冲动燃化成香
修一座庙
给灵魂一个天堂……

巢

把灵魂放到高处

把灵魂放到高处
走进世俗
在雅与俗的和谐中寻求出路
以生命的名义为高贵祈福

把灵魂放到高处
走进泥污
在与龌龊的博弈中尽显风流
以淡定的姿态笑傲江湖

把灵魂放到高处
走进财富
与金钱谈判走出物欲的歧途
让精神滋润漫漫长路

把灵魂放到高处
和长天对话
把灵魂放到高处
为大地张目

碧玉高千尺 仗剑溢寒辉
宁为千年冰 不作无形水

追　求

追求宁静
沏一杯老茶
端一杯老酒
望浩浩乎长空

追求清静
看一轮冷月
携一片星星
沐飘飘乎秋风

追求洁净
抚一潭碧水
揽一池芙蓉
领娇娇乎雍容

追求安静

观沧海流云
看东方飞红
品朝日蒸腾

追求冷静
笑名的拼抢
看利的恶争
睹嘈嘈乎市井

世界非凡
感受人生
勤恒苦续
坚守真诚

文章千古　笔墨春秋

薛保勤先生嘱正

塔雲火

陈彦书

文章千古

笔墨春秋

陈　彦（陕西省戏剧家协会主席，著名剧作家）

绝　不

用挺拔诠释成长的语言

无论风和日丽

抑或惊涛拍岸

绝不为了苟且的生

而丧失尊严

用忠诚维护天的湛蓝

无论乌云密布

抑或天高云淡

绝不为了粉饰升平

而将圣洁污染

用生机装点春的内涵

无论瑟瑟冷雨

抑或乍暖还寒

绝不为了浮浅的虚荣

而虚拟春天

我坚信

当浅薄被当做深刻

当虚伪潜入人们的生活

当理念成为作秀的旗帜

当秋天的落叶被视为耕耘的丰硕

我坚信

历史的车轮会为社会的天平纠错

当真善美不敌假丑恶

投机被当做智者的杰作

当公仆的升迁也需要商业的运作

勤恳羞于巧取豪夺

我坚信

历史会重建属于自己的生活

当假话成为时髦

教养被视作懦弱

当奉献成为标签

纯正遭遇无情的奚落

我坚信

历史会力挽狂澜将这耻辱定格

当我们的著述成为他人的学说

当文明的种子面对成长的险恶

我坚信

历史会为历史负责

否则我们将走进水深火热……

一个丑恶的灵魂能够走多远

法院，国徽高悬

　　神圣的光沐浴着人民权力的威严

法庭，天平耀眼

　　正义的砝码保驾着公平的航船

一个堕落的灵魂

　　在接受良心的拷问与正义的审判

死缓

如晴天霹雳将你几乎击倒

怎么？！

这是邪恶的报应

还是天方夜谭……

"我曾是一名天真烂漫的少先队员

我曾是一名朝气蓬勃的共青团员

我曾是一名无上荣光的共产党员

面对鲜红的党旗——

我曾高擎起'奋斗终生'的誓言

通体洋溢着'忠诚'的庄严

我曾经纯正，我曾经清廉

我曾经恪尽职守、兢兢业业，立志终生奉献

……

怎么可能呢？

我怎么可能沦为可耻的罪犯？！

佛说：苦海无边，回头是岸

可我一回头，身后已没有了岸……"

母亲——

白发飘飘、步履蹒跚、长跪不起、老泪如泉

你寄托了寡母多少希望

多少安慰、多少梦想、多少光荣、多少期盼

"儿啊！你怎么？！……

给你叮咛了多少次

咱祖祖辈辈没有出过你这样的大官

咱要走得正，咱要行得端

多少次！让你小心

多少次！要你勤勉

多少次！让你不要拿公家的钱

多少次！要你千万千万

……

你让娘放心了一千次

你给娘发誓了一万遍

怎么？你连娘都敢骗？

咱庄稼人就活个脸面

你怎么就坏了良心？！

怎么就只要肮脏的钱，不要尊贵的脸！"

一阵抽泣

一阵呜咽

一阵仰天长叹……

一阵欲说还休的凄楚、绝望

一阵撕心裂肺的难堪

高尚的灵魂

可以滋润心田

　　义薄云天

一个丑恶的灵魂

能够走多远

……

注：节选自《罪恶的备忘》。

在路上　星

夜色中急行

仰望苍穹

将星星摘下

揽入怀中

问星欲何往

问星今何从

星星笑答：

守护纯洁

　　守望光明

我与星星同行

十份温暖

　　九份温馨

两份相悦

　　一份清醒

用我的真诚还有使命

在路上　月

从河里捞起一轮月亮

把它风干

挂到天上

给山野一片银辉

给世界一个辉煌

月亮走了

却留下了希望

心中有一分纯洁

风干自己的月亮

你就有希望

在路上　霞

从汹涌的乌云中剥出太阳

晾在茫茫无际的草原上

抽出一缕缕丝

织就一段段锦

放飞一根根芒

万道霞光

这是云与影的梦想

短暂，但却有着锐利的辉煌

怀揣着温暖

饱含着憧憬

阴霾的日子坚守希望

坚守的日子历练坚强

在路上　河

在水边

倾听你的呼吸

感觉你的酣畅

倾听你的低吟

回味你的波光

浑了

你这来自大山深处的泪水

浊了

你这山脚下沉重的感伤

山的乳汁啊

你什么时候才能鲜亮

向往曾经的木桥

向往雪中独钓的回望
向往绿树村边合的清流
向往村姑们采桑的芦荡

向往惊涛卷起千堆雪的雪
向往东风夜放花千树的香
向往河清澈的愉悦
向往流纯洁的吟唱

向往天人合一的古老的理想
向往都江堰先贤们的豪壮
　　我向往……

在路上　学校

一弯冷月
　　一座禅房
用红烛驱散迷茫
用火种点燃梦想
于是我们坐堂

我们坐堂
吟咏升腾的晓雾
迎接摇曳的晨光
为了明天
　　还有希望

我为月亮梳妆

我为月亮画像
点两个酒窝
描明眸一双
酒窝含着柔美
笑眼溢着安详

我为月亮梳妆
扎两根小辫
披一件霓裳
小辫摇曳着纯真
霓裳洋溢着时尚

我为月亮化妆
让美走进天堂
我为月亮梳妆
让爱在大地上飞翔

沈园咏叹

　　一段哀婉凄切、铭心刻骨的爱的绝唱；一首幽怨缠绵的情的咏叹。陆游、唐琬，绍兴沈园一座情与词造就的名园……

红酥手，紧握着纯真的情怀

黄滕酒，散发着忠贞的无奈

绕墙的河，流淌着不尽的泪

沈园啊，相思千载

宫墙柳，摇曳着泪痕鲛绡的感慨

东风恶，泯灭着两情久长的神采

漫天的叶，飞扬着爱的伤感

沈园啊，遗恨千载

欢情薄，用"莫"祭奠懦弱的澎湃

秋如旧，用"错"记忆彻骨的阴霾
凄切的离合，一个哀怨的结
沈园啊，无悔千载

情飞扬，岁月不掩这知音的平台
意无限，日月沐浴着绵长的期待
忠贞不渝，一个永远的期待
沈园啊，永恒千载

　　注：沈园，位于浙江省绍兴市区东南的洋河弄，是绍兴历代众多古典园林中唯一保存至今的宋式园林。相传，诗人陆游初娶唐琬，伉俪相得，后被迫离异。多年后两人邂逅于沈园，陆游感慨怅然，题《钗头凤》词于壁间，唐琬见而和之，情意凄绝。晚年陆游，又数访沈园，赋诗述怀。沈园亦由此而久负盛名，载入典籍。

夜　行

打着灯笼与希望同行

带着温暖走向黎明

灯笼在夜色中游弋

夜　有了诗意的红

黑暗给我的不仅是冰冷

追寻的暖伴我前行

用希望呵护灯笼

让灯笼放飞长空

于是

夜空中　飘扬着升腾的自信

灯笼里　洋溢着追寻的使命

鲜红　凝聚着前行的光荣

也许　你的生命未经挫折的启蒙
但人生却不能没有前行的灯笼
也许你的未来展示着光明
仍然需要苦难的奠基和理想的引领

地 狱 与 天 堂

乘地铁

下了地狱

嘈杂

却十分宽敞

坐飞机

进了天堂

安静

却只有你一个人待的地方

不畏惧地狱

不向往天堂

寻一种恬淡

觅一种寻常

骑一匹马云游四方

做一只鸟恣肆飞翔

雁塔夜题

高阁起

翘大唐

神州威名扬

儒子题名学为本

精神有家乡

金风爽

雨流芳

霓虹笙歌忙

雁塔风铃声声慢

今古诉衷肠

青松高

古柏壮

巍峨抵天堂

李杜对酌酒如歌

沧桑伴辉煌

佛家地
经绕梁
玄奘译书忙
油尽灯枯成伟业
塔前矗大像

喷泉起
音悠长
咚咚荡秦腔
洪钟大吕萦天宇
乐骤水翱翔

　　注：大雁塔，又名大慈恩寺塔，建于唐高宗永徽三年（652），是玄奘法师为供奉从印度取回的佛像、舍利和梵文经典而修建，塔身7层，通高64.5米。唐代，新科进士及第，即在大雁塔题名。2004年1月，大雁塔建成大雁塔广场。广场由水景喷泉、系列雕塑群、开放式园林及艺术长廊等组成，成为国内外游客观光休闲的一处文化旅游胜景。

故　乡

　　陕北毛乌素沙漠南缘的一个小村庄。36年前，我曾在这里插队，度过了一段难忘的青葱岁月。旧地重游，旧人重访，旧事重提，感动、感慨、感念、感怀油然而生……

（一）

静静地你看着我

故乡，我轻轻地说

摸摸村口的那株老槐树

想起青春的生涩

看看一望无际的青纱帐

想起曾经无法无天的蓬勃

咬一口久违的山药蛋

捡回无助的饥饿

吸一口大漠久违的风

回味他乡异客的孤寂与苦中的乐

抽一口辣辣的旱烟袋

想起夜读油灯疲惫的灯火

喝一口凛冽的清泉水

目送昨天走来的河

树依然高耸

河依旧清澈

人依然纯粹

心仍然辽阔

回望往往有凄楚

心底每每有心得

酸甜苦辣是音符

岁月已成无字的歌

采一缕白云
　　作心花一朵
将一把乡愁
　　不再抱怨生活

故乡，我轻轻地说
你默默地看着我……

（二）

你说：来了，来了！
我说：来了，来了！

你说：老了，老了！
我说：老了，三十六年了，都老了！

你说：变了，变了！

我说：变了，路也找不着了，都变了！

你说：日子好了，好了。
我说：好了，真好了？好了就好了。

你说：喝了，当年咱没酒，都喝了！
我说：喝了，喝了，都喝了！

你说：醉了，醉了，快醉了！
我说：醉了，醉了，都醉了！

你说：身体罢了，罢了。
我说：保重，保重，不能罢了！

你说：走了，走了。不走了。
我说：走了，走了。心，不走了。

春天的花与秋天的果

——我与人生的对话

你说：只要有花就会有果

　　　春华秋实　春天的花就是秋天的果

我说：灿烂的花，也可能早早脱落

　　　秋的璀璨需要冬的严谨

　　　　春的辛勤　夏的火热

你说：只要成功，就能享受幸福生活

　　　我们要有追求的气魄

我说：幸福需要成功，成功需要拼搏

　　　还需要恬淡的心境

　　　　平和的心态　心胸的广阔

你说：只要有收获，就会有快乐

我说：快乐，不仅仅是收获

　　　　创造的人生更耐琢磨

　　　　仅有收获的快乐似嫌奢侈似显单薄

　　　　　似乎不够深刻

你说：今天的劳作，是为了明天的欢歌

我说：不要为了明天，忘了今天的我

　　　　人生是每一天构成的交响

　　　　　是抑扬顿挫的组合

　　　　　酸甜苦辣都是歌

你说：母亲是条爱的长河

　　　　不忘养育之恩

　　　　绝不数典忘祖……否则……

我说：不仅仅是"否则"

　　　　不忘大爱，意味着滋养我的祖国

　　　　包括低矮的茅棚大山的皱褶

　　　　　还有那架古老的水车

你说：我的理想，就是为了祖国

我说：祖国不仅仅需要你的劳作

　　　　还有精神的富有　追求的蓬勃

　　　　健全的人格

生　活

小草对石头说
怎么
你总是往我头上坐
实在太苛刻

石头对小草说
不要在我身边硬磨
你的身子骨还孱弱
等长大了再说

大地说
你们都依附着我生活
为何这般啰嗦
简直没见过

阳光说

生活就是这样难以捉摸

我中有你　　你中有我

我扶着你　　你靠着我

大家才会有真正和谐的生活

注：此诗为作者在大学时代创作并发表的作品。

夜 的 眼 睛

夜里的灯笼热烈绯红
恍若一串飘摇的眼睛

灯影摇曳
　　　笑语群星
星携着灯
　　　灯拥着星
群星观灯海
　　　灯海簇群星

品茶
　　　将星星放入杯中
望月
　　　把灯笼揽入怀中

把酒
　　让星星走进灯笼
问天
　　送灯笼扶摇长空

　　于是
　　醉了灯笼
　　　　红了星星
　　美了夜空
　　　　花了眼睛

红叶，你好！

带着秋的丰硕

与大地共同狂热

携着生的执著

让群峰升腾起蓬勃

当一簇簇光把群峰点燃

满目的飞红昭示着鲜艳的磊落

于是"红叶，你好！"我说

带着久违而梦幻的亮色

世界因你而鲜活

送给世间飘零前精彩的一搏

这辉煌洋溢着顽强的品格

当漫天的叶扶摇直上
我们便有了大山巍峨的斑斓与宏阔
于是"红叶，你好！"我对你说

伴着朝霞而起
峡谷间奔腾着流韵的曙色
随着夕阳而落
暮色里涌动着一团团暗火

用红回望曾有的青春
用艳呼唤明天的绿波
于是"红叶，你好！"我对你说

摇篮与风帆

长城脚下　厚土高天

耸立着一座理想的摇篮

百年沧桑　沧桑百年

厚德博学　求索致远

科学民主　求实创新

放飞希望　收获明天

怀天下　求真知　报国家

沿着先辈的足迹薪火承传

啊！榆中

做大气的中国人

你为我展开一幅远航的帆

榆溪河畔　塞上高原

聚集着一群青春少年

百年英姿　英姿百年

乐学慎思　笃行向贤

学海荡舟　书山登攀

勤以奠基　历久弥坚

怀天下　求真知　报国家

踏着时代的脚步　向前　向前

啊！风帆

做大气的中国人

你为我撑起一片奋飞的天

注：本诗系作者应母校之邀而作的校歌歌词。陕西省榆林中学是一所有着光荣革命传统的百年老校。谢子长（22级）、阎揆要（23级）、刘志丹（25级）、柳青（34级）、杜聿明（23级）、高岗、刘澜涛、张德生、张季鸾、马健翎、高景德等均系该校毕业的学生。

青春的备忘

——一个知青的往事追怀

我将青春备忘

青春给我梦想

我将青春备忘

青春令我迷惘

我将青春备忘

青春给我希望

我将青春备忘

青春送我翅膀

——题记

（一）

遥远，似乎已化作缕缕轻烟

恍如隔世飘摇的梦幻

遥远吗？并不遥远

　　好像就在昨日，就在眼前……

一段屡屡回首的沉重岁月

一段改变人生的非凡历练

有人说，忘了它吧！

　　把人生最美好的时光交给了苦难

　　还有什么不舍与眷恋？

有人说，别提它了！

　　不过是一些青年受了点风风雨雨

　　过了些沟沟坎坎　有些凄凄惨惨

有人说，控诉它吧！

　　让上千万青年接受远离知识的实践

　　留下的是一个民族遭受重创的遗憾

有人说，反思它吧！

　　磨难使青年

　　学会了做人，学会了勇敢

　　学会了坚强，学会了面对凄凉与惨淡

江中渔火三五点　一束红叶尽望秋

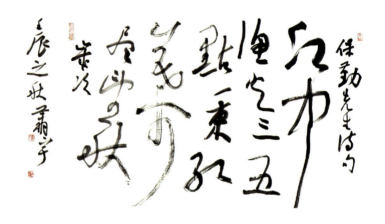

李翔宇（中国书法家协会会员，陕西省书法家协会理事）

有人说，诅咒它吧！

　　我们的民族要学会理智

　　让荒诞不再重演

　　……

（二）

在"浪漫与空想"的旗帜高高招展的天空

蒙昧、盲从、狂热与声嘶力竭的呐喊……

于是——

　　真理被谎言扭曲、遮掩

　　理性被愚昧凌辱、强奸

怎能忘？！

　　风　撕扯着正义的碎片

　　雨　浸淫着良知的衣衫

　　知识遭受了灭顶之灾

　　文明走进蒙昧的深渊……

怎能忘呢？！

　　那是一千多万少男少女的青春大迁徙

　　那是精神的流放

　　那是肉体的考验

少年不识愁滋味——

　　年轻人的幸福往往不知甘甜

　　年轻人的苦难往往混杂着浪漫

　　当苦难剥夺了理性将理想流放

　　我们也有过年轻特有的欢乐、轻狂与达观……

在我的心中潜藏着一幅幅老照片

　　泛黄

　　常常掀起内心的波澜

我们曾经虔诚——

伟大领袖的一声令下

　　不经风雨何以见世面

我们如战士出征

　　怀着"大有作为"的信念

　　犹如当年百万雄师下江南

车站

　　锣鼓口号的喧响将青春之火点燃

　　胸怀着热望，通体充盈着庄严

送别

　　激情遮掩了

　　　　母亲们的唏嘘

我们高昂着骄傲的头

　　假装视而不见

……

（三）

我们曾经浪漫——

绕村的小河波光点点

月笼的草原诗意盎然

大漠绵延如此傲岸

漏风的家也洋溢着勇敢

犁地

　　脚下泥花飞卷

扬场

　　地上金花四溅

翱翔

　　在沙丘上翻腾

纵马

　　地阔天宽

于是——

　　忘情的笑声将大漠点染

　　世界如此奇妙

　　我们流连忘返

我们曾经真诚——

地头田间

耕耘、播种、除草、施肥汗流浃背

讲述外面的世界将文明的生活承传

政治夜校

夜夜灯火阑珊

批林批孔彻夜不眠

油灯下

胸怀祖国、放眼世界

手捧雄文四卷

面对艰险

高诵"下定决心、不怕牺牲，

排除万难……"

备战　备荒

"深挖洞、广积粮……"

摸爬滚打、基干民兵紧握枪杆

心有芥蒂

　　默念"要斗私批修"

　　　　狠斗"私"字一闪念

初恋时节

　　不吐真言　含情脉脉　手不敢牵

战天斗地

　　苦干　夜战　一往无前

　　……

当丰收的希望

　　迎来一次次衰草的收获

　　当大批判的宣言

　　　　变成人人自危的心惊胆战

　　理想啊，到底怎么实现……

（四）

在没有精神的土地上

　　我们"生产着"精神

在没有希望的沙漠里

　　我们"制造着"期盼

在没有英雄的世界上

　　我们"幻化着"英雄

在没有文化的旷野中

　　我们"谱写着"创业的格言

在没有温情的寒风里

　　我们用孱弱的身躯"释放着"温暖

　　……

不记得了，多少次

　　为看一场电影，步行几十里

　　　月明星稀、山道弯弯

不记得，多少次

　　为看一个同学，翻山越岭

　　　几块红薯、分外甘甜

不记得了，多少次

　　破旧的口琴

伴随着难以言传和莫名的感叹
不记得，多少次
　　精神的会餐
　　　　虚幻的光衬映着通红的脸
不记得了，多少次
　　过度的劳作
　　　　伴随着饥饿与彻夜难眠
不记得，多少次
　　压抑的情怀
　　　　化作二胡哀婉的丝弦

没有小芳
　　生活哪有那么多浪漫？
没有小河
　　我们以大漠孤烟为伴
没有难舍难离的情思
没有辗转悱恻的爱的缠绵

劳顿、孤独、苦闷、无援……

人生的路啊

　　到底怎么走?

　　我们左顾右盼

　　　……

（五）

一个花季的女青年

赶着驮水的骡子下山

不料，骡子受惊

她被撞到深不见底的山涧

花样的年华，凋零于瞬间

生命残缺，下肢瘫痪

战友们再次相见

　　含泪相向

安慰

却不知用什么语言

终于

凄厉的哭声

带着青春的悲鸣和绝望直刺青天……

他走了

到生产队仅仅三天

带着对生活的无限期望和遗憾

梦中的脸还绽着稚嫩的笑颜：

"明天、明年、未来应该色彩斑斓……"

无情的连绵秋水将梦击得粉碎

一阵轰然

　　窑洞塌陷

生命的交响就此中断

夜，漆黑一片

瑟瑟秋风中遥响着母亲的牵挂：

"儿啊，出门在外

要注意安全，千万、千万……"

她走了

　　带着悲愤、带着耻辱

　　带着对生的绝望

　　带着对心上人的深深眷恋

孤苦中，他们相依为命

　　心相近、情相牵、意无限

同居　大逆不道

示众　羞辱不堪

于是——

　　烈女子饮恨在枯树上

　　　将命高悬：

　　"对不起，亲爱的！

　　这是我爱的宣言

你要活着

　　一定要等到……

为我们正名的那天！"

于是，我们终于明白——
　　有的惊恐：
　　　　　人生最宝贵的时光
　　　　　　　难道就这样交给无绿的山
　　有的不甘：
　　　　　一颗红心不应面对无情的峰峦
　　　　　满腔热望不该遭遇冷酷的荒蛮
　　有的绝望：
　　　　　每每凝视一个个滴血的黄昏
　　　　　不敢奢望　没有明天
　　　　　过去的
　　　　　只是离人生的黄昏又近了一圈
　　有的死水般平淡：
　　　　　只要还有饭吃，能有衣穿
　　　　　不要希望，活着就算
　　　　　……

（六）

不是这样，不全是这样……
当革命的理想以激进的方式来实现
当浪漫的情怀遭受极"左"阴谋的欺骗
当虚幻的追求遭受严峻现实的检测
幻想的破灭生活的无奈就成为必然

盲从的青年常常无识无畏
随波逐流我们也制造了许多麻烦

不知轻重
　　偷鸡、摸狗，屡有前嫌
不计后果
　　打架、群殴，玩世不恭
不堪忍受
　　偷懒、装病，畏缩不前

紫竹輓風说命運

蓮臺接雲悟人生

保勤先生诗句

壬辰立秋後 賈占強

贾占强（中国书法家协会会员）

更深夜半　饥肠辘辘

　　倾巢出动常常损坏将熟的农田

政治斗争　无情批判

　　受极"左"思潮的欺骗却以极"左"面目出现

反右倾　割尾巴

　　将深爱我们的乡亲推到了对立面

　　……

于是——

　　我们走在了真善美与假丑恶的边缘

　　我们踩上了良知与耻辱间的高压线

（七）

有人说：

　　温室中的花朵

　　受了一阵冷雨

　　就哀叹、就苦不堪言

有人说：

　　城市里的娇子

　　受了一阵冷落

　　就哀怨、就顾影自怜

苦吗？

　　似乎已经超过了承受的极限

脆弱吗？

　　似乎应将我们的感受检点

同遭不幸，境遇惨淡

不同的人群却有着不同的表现

面对民族空前的浩劫

看一看身边的乡亲

审视他们赖以生存的家园

　　吃糠咽菜

　　一身从春穿到冬的破衣衫

　　全部家产不足百元

他们却用博大的爱

　　温暖着想家的孩子

　　滋润着孤寂的心田

他们用慷慨的胸怀

　　包容了不谙世事

　　包括我们的缺点

还记得——

　　我们来时

　　乡亲们倾其所有

　　欢迎我们的那顿"晚宴"：

　　　　玉米饼、黄米饭、土豆拌酸菜

　　　　最奢侈的是一人一个鸡蛋

他们说：娃娃们，别嫌弃

　　　　我们的理想就是共产主义

　　　　　天天能吃上这样的饭

还记得——

一位年轻的山村女教师

被胃穿孔击倒在课桌边

孩子们像天塌下来一般

教室里哭声一片：

　　"老师，我们听话

　　我们不再捣乱

　　老师，咱不怕，我们送您上医院"

于是——

　　夕阳下　群峰间

　　一群孩子　一路呼喊

老师

　　忍着剧痛与颠簸

　　却品尝着纯真与甘甜

她泪水涟涟：

　　我插队七百天

　　吃着百家饭

在房东大婶身上我找到了母亲的影子

在村姑们身上我感到了姊妹的情缘

没有乡亲和孩子的爱
　　我不会走到今天

还记得——
　　我们走时
　　乡亲们扶老携幼
村头
　　似启封的老酒一坛
大叔们来了
　　胸前挂上了一串串红枣
大嫂们来了
　　兜里塞满了鸡蛋
村姑们来了
　　郑重地一人发一双鞋垫

缝补浆洗　教我们生活的老奶奶
　　颤颤巍巍、步履蹒跚：
　　"娃娃们，常回来，

这里永远是你们遮风避雨的伞……"

耕耙耱犁　教我们干活的老爷爷

手摇拐杖、声音发颤：

"走吧，走吧，

不能再被这穷山恶水磕绊

走不动了，回来

这儿

还有一群想你们的老汉

什么时候都会有口热饭……"

胸腔被浓浓的亲情填满

泪水被古道热肠弥漫

衣衫褴褛

却把情留给非亲非故的小伙

饥肠辘辘

却把暖送给城里来的青年

纯朴　没有世俗的眉高眼低
善良　不要回馈的爱的咏叹
爱在贫瘠的土地上高尚
虽显琐碎，却义薄云天

苦吗？！
　　他们没有叫苦
冤吗？！
　　他们没有喊冤
　　默默地将这一切承担
　　　　泪水却往肚里咽
要不——
　　咋有夜半旷野凄凉的信天游
要不——
　　咋有洒在沙蒿林里的泪蛋蛋

（八）

多少个漫漫长夜
　　我们一次次走进历史深处
多少次瑟瑟秋风
　　我们苦苦地追问答案

为什么
　　昔日老师的镜片
　　　　总是折射着惊恐与不安
　　读书还得偷偷摸摸
　　　　知识变得如此下贱
为什么
　　贫困的土地
　　　　总是弥漫着斗争的硝烟
　　政治上的宠儿
　　　　却是生活中的坏蛋

为什么

乡亲们一天劳作

工分仅值几分钱

面朝黄土背朝天

终年辛劳仍要受饥寒

为什么

对假恶丑的厌倦

只能忍受却不能言传

对真理的呼唤

却要遭受割断喉咙的摧残

为什么

荒诞的闹剧

在延续五千年的文化积淀

凌辱的却是正义、良知与圣贤

为什么

祸国殃民的历史

势如破竹发生在一夜间

不管你是否情愿

为什么

　　为什么?

　　几千年的文明古国何以如此健忘

　　泱泱大国的神经何以抽风似的多变

　　文明的种子啊!

　　　　为何如此脆弱

　　指鹿为马的耻辱

　　　　为何屡见不鲜

（九）

苦难送给我一副发育不良的身躯

却送给我一双清澈的眼

在蒙昧的土地上点燃思考的灯

在贫困的泥淖里撑起理智的帆

历史老人告诉我们:

　　理智的丧失必定走向历史的反面

封建专制的残酷必将适得其反
愚弄人民的政治毕竟不会长久
民族的罪人终将交由人民审判

历史老人正告我们：
作恶者固然可恶、可恨
受害者固然可悲、可怜
让作恶者横行的我善良的人民啊
"忠厚"、"纯朴"
难道不是任人宰割的
　　"土壤"和"条件"
难道不值得深思
　　不令人扼腕

苦难在昭示着历史
历史在将科学呼唤
我们期盼着春天
……

爱在贫瘠的土地上高尚
虽显琐碎，却义薄云天

望眼终南有禅意　稻花香里悟春秋

望眼终南有禅意

稻花香里悟春秋

右录薛保勤先生涌河记忆

壬辰季暖 时在三月 方英文

方英文（著名作家、书法家）

（十）

历史已经走到今天

　　春风送暖，春水潋滟

　　　　春雨润物，春光无限

为什么经受过严寒

　　却屡屡从记忆深处将其"盘点"

为什么炼狱般的生活

　　诅咒它却莫名其妙的情结千千

为什么经受过凄苦

　　却有一种说不清道不明的梦萦魂牵

于是——

　　后来的成功者认为

　　　　这是人生的铺垫

　　后来的失落者认为

　　　　这是倒霉的起点

玩味者以为

　　这样的经历有点苦涩、有点咸

毕竟　历史走到今天

　　解放思想、与时俱进

　　理性的光芒分外耀眼

是的

　　我们走进过严寒

　　严寒是一本无字的书

　　我们理解

　　　　丰满的人生

　　　　必须不断迎接挑战　常常伴随磨难

是的

　　我们感受了挫折

　　挫折是一所特殊的学堂

　　我们懂得

真善美与假恶丑

仅仅一步之遥就差那么一点点

失去中的得到弥足珍贵

苦难中的感悟穷且益坚

于是——

我们学会了坚强

哪怕重峦叠嶂

风雨如磐与一路艰险

我们学会了勇敢

哪怕人妖颠倒

谩骂恐吓与带血的皮鞭

我们懂得了忠诚

哪怕利的诱惑

名的欺骗与肮脏的金钱

于是——

　　我们懂得了坚韧懂得了感恩

　　　　懂得了对土地的眷恋

　　　　懂得了高贵与卑贱

　　　　懂得了真与善

　　我们懂得了爱懂得了恨

　　　　懂得了人生的冷暖

　　　　懂得了世态的炎凉

　　　　懂得了关于人的哲学内涵

　　我们懂得了祖国　大地　人民

　　　　与我们的血肉相连

　　　　懂得了匹夫有责

　　　　懂得了我勤劳善良的父老乡亲啊

　　　　　不该生活得这样凄惨

责任重于泰山

于是——

　　我们懂得了幸福不是毛毛雨

有为

　　就必须勤勉、坚韧、不断地锤炼

我们懂得了理想必须脚踩大地

　　人生才有可能灿烂

　　　……

（十一）

历史的长河滚滚向前

我们用青春追忆昨天

愿青春的悲壮进入民族的记忆

愿悲壮的青春成为明天的借鉴

不屈不挠

　　我们无怨无悔

矢志不移

　　我们无悔无怨

胸怀着热望

只要心中的灯不灭

前行

　　我们就拥有未来

怀揣着春兰

　　只要远航的帆不偏

耕耘

　　我们将收获秋的璀璨

生活啊，生活告诉我们

失去了不必喋喋不休地抱怨

得到了不须浅薄、志得意满

人，必须经受得失荣辱的考验

生活啊，生活告诉我们

历史倒退的制造者终将被历史埋葬

但历史的悲剧常常需要一代人承担

不要说我们失去太多太多

我们有责任谨防悲剧的翻版

生活啊，生活告诉我们
民族的崛起需要坚韧攀援
历史的前进需要青春做伴
让我们与祖国一起做青年
让我们与祖国以年轻共勉
我们将风雨兼程、漫道雄关
放飞青春中国的美好明天

杜陵塬上云　撩我额前发　雨溅松落泪　雾锁花非花
朦胧入禅境　飘然去酒家　店主声欲醉　无酒称洒家

薛养贤（著名书法家，中国书协理事，陕西省书法家
协会副主席，西安交通大学书法系主任、教授）

下篇　詩之緣　高建群題　壬辰

牵挂不知缘何始　分别方晓何为情

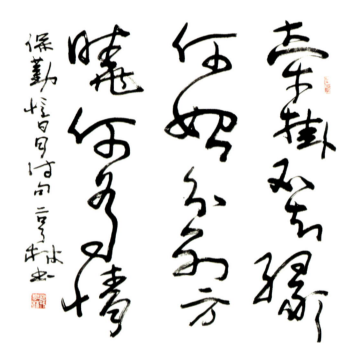

韩亨林（中国书法家协会理事，中国书协维权鉴定工作委员会主任）

红叶与我的人生对话

（一）

不要看我

我只是一片叶

再红再火也只是一片叶

当冬来的时候

也会凋谢

飘落在寂寥的旷野

一切的一切都会没感觉

不要看我

我只是一片叶

想努力握住整个秋

却抵不住季节的凛冽

我会腐成土　我会化作埃

最终泯灭

我只是一片叶

也渴望潇洒地飘落在爱人的肩头

也从此　长厮守

笑看风霜雨雪　目空一切

我只是一片叶啊

大地　没有你

我就失去了整个世界

（二）

红叶　莫悲伤

你是世界上最美的一片风光

生活因你而有了怒放的华章

人在看红装　也在悟沧桑

红叶　莫沮丧

你明媚　你丰硕　你辉煌

你已在世间夺目芬芳

人在看辉煌　也在悟无常

红叶　莫悲怆

纵然随风飘落

大地也将随你悲壮苍凉荣光

人们将目送你升腾飞扬

（三）

人生不可能永远辉煌

总有无奈　常伴迷惘

生活　原本就是这样

不必为莫名的惆怅而感伤

不必为脆弱的感伤而惆怅

少一点欲望

达观　坚韧　坚强

向着明天

哪怕明天还看不到希望

天塌不下来

塌下来还有大地　这个肩膀

手

——题照

两只手
　　咫尺相向
拎着希望　抚摸过沧桑
定格在缤纷的墙上

小手说：
　　向前看　就有理想
大手说：
　　还需要坚韧的支撑以及顽强

哦　两只别样的手就是一双
一手向着未来
　　一手握着坚强
于是
　　就有了大手牵小手的顺理成章

错了 我错了

原以为人生的雨过后就会天晴
原以为明天的太阳就比今天的红
原以为奉献了就一定收获喜悦
原以为幸福仅仅在成功之中
错了 我错了

原以为海誓山盟就一定相伴终生
原以为信誓旦旦就是忠心耿耿
原以为鲜花蜜糖就是幸福
原以为幸福的日子就是歌舞升平
错了 我错了

原以为希望就是指路的灯
原以为有理想就注定成功

原以为有种子就有果实的丰盛
原以为母亲的笑容会伴我一生
错了　我错了

原以为收获了结果就收获了成功
原以为纯正就是人的启蒙
原以为有了钱和地位就有了一切
原以为有求必应就是友情
错了　我错了

人生啊
对与错的抉择常常在一步之中
对与错的领悟常常需要一生
面对生活的万花筒
在对与错或不对不错中丰满人生
我们需要清醒
　　有时不妨懵懵懂懂

不是，不是这样的

——致《错了　我错了》

不是所有的花都让人心动

不是所有的红都能引燃激情

不是所有的太阳都带来温暖

不是所有的星星都送你温馨

不是，不是这样的

不是所有的真诚都能得到真诚

不是所有的耕耘都能收获秋风

不是所有的青春都拥有未来

不是所有的未来都叫光明

不是，不是这样的

不是所有的表白都是真诚

不是所有表面的光鲜就是有质量的生命
不是所有的成功都为了浅薄的追捧
不是所有的追求都为世俗的成功
不是，不是这样的

不是所有的两情相悦都地配天成
不是所有的天真都被世故戏弄
不是所有的高贵者都有高贵的灵魂
不是所有的卑贱者都是芸芸众生
不是，不是这样的

不是所有的教诲都需洗耳恭听
不是所有的成长都需耳提面命
不是所有的光都孕育着生命
不是所有的运动都在前行
不是，不是这样的

不是所有的现实都是约定俗成

坦然面对　失败或者成功

从生走到终　积极就可能创造永恒

把握当下　就是把握生命

白 洋 淀 的 弹 痕

摇着橹　迎着风

我在芦荡穿行

橹上好像还有雁翎队的余温

船头似乎还有鬼子的弹痕

水道诗意　但却沉重

挨打的国家

常常以以弱胜强的故事

激励民众

当然这是必须做的事情

回望　常常有凄楚

心酸　有时也光荣

划着水　摘着莲

船头荡鱼鹰

耳畔依稀着日军的枪声

青纱帐隐隐着战士的身影

水色浪漫　绿的葱茏

国家崛起了

民族的骨头还有当年那么硬？

物质丰裕了

精神的家园是否众志成城？

这是一个民族

必须经常思考的事情

夕阳摇曳着风　摇碎了梦

歌舞升平的日子

我们是否远离了战争

纸醉金迷的时刻

应该如何保持清醒

我们曾经有过惨痛

盛世太平　人类并未远离战争

不要……

不要用真诚的吹捧满足可怜的虚荣

不要把他人的耕耘当做自己的劳动

不要把蜻蜓点水式的游走当做深入

不要用酒桌天天的应酬满足胃的功能

也许　你心中已没有荣与辱的区分

相信　人民有一双清澈的眼睛

不要把江河都企图揽入囊中

不要把好话作为标签貌似真诚

不要把落实喊得山响　口号却成了行动

不要把个人的升迁看得比百姓的疾苦还重

也许　你已无廉耻之心

相信　百姓有一架善恶的天平

不要满足于殷勤的笑脸和歌舞升平
不要沉醉于抱怨背后的前呼后拥
不要把人民是衣食父母置于脑后
不要亵渎了以人为本的崇高使命
也许　灯红酒绿已麻醉了你的灵魂
相信　历史会有一种独特的清醒

喜 欢 草 原

喜欢草原
喜欢一望无际的暮色
暮色里点点灯火　蔼蔼炊烟

喜欢草原
喜欢奔腾不羁的马群
马蹄荡起的狼烟
还有那根潇洒的套马杆

喜欢草原
喜欢悠悠长笛　巍巍长天
　　浩浩长风　啸啸长鞭

喜欢草原
喜欢绿的青波　黄的璀璨

意随天地走　心被牛羊牵

白的遥远　光的斑斓

喜欢草原
喜欢歌的悠扬　韵的蜿蜒
　　舞的神韵　情的柔绵
长调凄切　柔婉　苍茫　辽远

喜欢草原
喜欢汉子们迎接苦难的达观
用心和你干杯的酒热耳酣

喜欢草原
喜欢马头琴的潺潺流水
　　长河蜿蜒　万马奔腾　气象万千
喜欢草原
不仅是春的烂漫　夏的火热
　　秋的丰硕　冬的浩瀚

喜欢草原　喜欢
意随天地走　心被牛羊牵……

胸襟天下

——草原断想

太阳牵着白云

在草原撒欢儿

作一幅画

绘一尊佛

描一簇花儿

我愿是猎手

驭一匹马

看画　拜佛　赏花

看辽阔　看浩瀚　看博大

看夕照的壮美

看晨光的勃发

沐一身禅雨

披一身花香

捋一片朝霞

哦　胸襟天下

草原的风

草原的风

草原的歌

草原的骏马

草原的河

草原的风儿携着歌

草原的骏马蹚过了河

草原的雨

草原的波

草原的牛羊

草原的坡

草原的小雨润碧波

草原的牛羊爬满坡

草原的云

草原的火

马背的民族

豪迈的传说

草原的流云燃起了火

马蹄声声续传说

我 来 了

　　赴新疆开会，往伊犁考察。伊犁位于祖国的西北角，与哈萨克斯坦接壤。这里，沃野千里，平原与山地交会，雪山与草原观照，峰峦叠翠，水丰草美。晨起，窗外阳光灿烂，耳畔百鸟争鸣，院内古木森森，脚下流水潺潺，花木扶疏，色彩斑斓。望山、看水、问天、访云、览绿……感怀如下：

　　　　云说　我来了

　　　　　用婀娜让蓝天妙曼

　　　　山说　我来了

　　　　　用巍峨撑起大地的伟岸

　　　　松说　我来了

　　　　　用高贵维护山的尊严

　　　　草说　我来了

　　　　　用蓬勃解读生长的平凡

　　　　花说　我来了

　　　　　用璀璨诠释生命的灿烂

马说　我来了

　用忠诚驮起民族的家园

歌说　我来了

　用激情点燃草原的浪漫

河说　我来了

　将祝福带到遥远的遥远

我说　我来了

　带着亲近草原的虔诚

　带着胸襟天下的期盼

你说　我来了

　送一片祥云还有祝愿

我说　我来了

　　你说　我来了

　　我们　都来了　今天

那拉提咏

　　那拉提草原是伊犁河谷绽开的一朵璀璨的花：蒙古包，冬窝子，薰衣草，河谷草原，空中草原，森林公园，雪山流云，苍松云杉，牛羊在山地游走，清流在峡谷潺潺……骑马蜿蜒登上山地草原的瞭望台，目不暇接，美不胜收……

天堂草原觅清秋

河谷策马到峰头

放眼长天多妖娆

脚底河山尽奇秀

天纵白云云杉醉

风弄百草草风流

我吆坐骑下山去

一步三摇五回头

念

——追忆那拉提

你在哪里？

近在眼前　心里有一张张花的笑脸

你在哪里？

远在天边　记忆中那一抹抹相思的幽兰

想你的时候　描写笑脸

念你的时候　遥望西边

远吗？

似乎能听见风的喧响

近吗？

好像已是很久的从前

不再思念　从明天开始

明天

草原行　交响

蓝天悠着白云给你镶上了边
鲜花漫坡攀援铺上了天

红的热烈　　热烈得青春
橙的娇艳　　娇艳得坦然
紫的冷静　　冷静得优雅
黄的吉祥　　吉祥得灿烂
蓝的华贵　　华贵得雍容
白的圣洁　　圣洁得恬淡
绿的啊　　平凡
平凡得一往无前

花海向天　　璀璨无边
五色的交响　　交响的斑斓
一种无法无天的烂漫
牛羊驻足　　人群惊艳
天籁无声　　天上？人间？

草原行 畅想

（一）

绚烂的晚霞将西天点亮
草原充溢着醉人的乳香
牧归的孩子挥动着鞭儿
祥和的笑语回响在毡房

（二）

悦耳的长调在夜空中悠扬
相思的人儿遥望着远方
深情 拨动着牵挂的心弦
委婉 寄托着无言的绵长

（三）

姑娘们端起迎宾的美酒

歌声飘逸着欢快和奔放

小伙子捧起大碗的真诚

干杯，尽显好客的豪爽

（四）

无涯的绿色随着草原成长

悠闲的牛羊散落在牧场

蜿蜒的河穿越绿茵飘然远方

我心向往　我心飞翔

（五）

风带着诗梳理着草场

雨携着歌梳妆着牛羊

于是，歌中有了绿色的诗

诗中有了歌的生长

有了悠远的回望

有了蓬勃的张扬

（六）

马头琴激扬着生命的顽强

蒙古包支撑起生活的理想

套马杆舞动着牧民的豪放

酥油茶升腾着追求的纯香

（七）

无际的草原敞开火热的胸膛

马头琴的旋律向世界悠扬

飞翔的翅膀已经张开

绿色的未来秀美时尚

（八）

风携着绿在草原飞翔

绿伴着风在旷野徜徉

牛羊是草原流动的乐符

草原，一曲天籁的交响

夕阳为交响披上华美的盛装

草原行　酒

浓浓的酒香飘出毡房
淡淡的乳香在草原飞翔
酒香飘出的是父亲的坚强
乳香飞翔的是母亲的柔肠

父亲的坚强
　　支撑着母亲的柔肠
母亲的慈祥
　　滋润着儿子的坚强

于是
有了花的柔
　　有了鹰的刚
有了刚中的柔
　　有了柔中的刚
于是
　　就有了草原上不落的太阳

草原行　母亲

曾经蒙古包前俊美的笑脸

柔情似水的浪漫

曾经送儿出征的壮观

撕心裂肺　泪不轻弹

还记得儿行千里母担忧

牵挂的冷月无眠

还记得儿子领军回师

你却站在迎接凯旋的人群后边

你说

我不要儿有钱

我不盼他做大官

他要像只鹰

只求我儿一生平安

虽说柔绵
却有着超俗的风范
看着内敛
却指点着人生的江山

江山因绿而秀，草原因人而美——

草原行　梦

（一）

马是草原悠扬的精灵

山是草原蓬勃的斗篷

路是草原飞扬的飘带

羊是草原流动的白云

呵　草原有诗　草原有梦

女人是草原柔美的琴弦

长河是滋润草原的母亲

男人是草原刚健的弯弓

大雁是草原相思的风筝

呵　草原有情　草原有神

（二）

太阳牵着白云在草原撒欢儿
月亮携着星辰让夜色辉煌
豪情牵着歌声在天空奔放
母亲随着儿子有了世界眼光
呵　这片草原
你浪漫　你柔肠

风儿牵着骏马在大地翱翔
绿叶衬着鲜花在原野怒放
雄鹰揣着理想搏击长天
牛羊衔着希望在草原生长
呵　这片草原
你蓬勃　你安详

暮色中的望

　　赴赤峰考察，我总是忘不了夕阳下的贡戈尔草原，暮色里蒙古包前母亲望子归来那一幕……

　　　　　夕阳将蒙古包染得金黄

　　　　　小河蜿蜒将草原点亮

　　　　　孩子在霞光里忘情撒欢儿

　　　　　狗在水中嬉戏

　　　　　　　水伴嬉戏酣畅

　　　　　大雁成行　牵挂长长

　　　　　母亲翘首　草原苍茫

　　　　　晚照里有一尊望子的雕像

　　　　　暮色　凝聚成牵挂的模样

　　　　　水在张望

　　　　　　　草在张扬

骏马嘶鸣

　　驭手的剪影飞出夕阳

牧羊犬纵横

　　扑向如血的残阳

孩子牵着望远的像

家　斜倚在蒙古包旁

祖孙安详

　　天地吉祥

山·羊

山是羊的山　斑斑点点
草是山的衣　绿意盎然
羊是大山跃动的音符
山是羊群生命的依恋

致维兄

维隆大兄发来短信，鼓励、勉励、激励。受之有愧，感动、感念、感怀如下：

维兄希冀　送我勉励

山高水长　深情厚谊

教我向贤　催我奋力

人生是书　写好每笔

不负苍天　不愧大地

不为官活　不被权迷

不为利诱　不被财欺

做事求好　做人大气

做官干净　作文缜密

廉养浩然　勤以奠基

恬淡人生　净心随遇

明月清风　亭亭玉立

使命是责　殚精竭虑

职责为本　尽心尽力

诗为补白　人文意趣

心中有诗　经天纬地

心中有云　呼风唤雨

心中有命　再接再厉

心中有禅　笑看名利

君子之交　感动天地

清茶有意　终身铭记

不负大兄　只争朝夕

久违的光

　　我与郝震省、解国记两位老兄都是七七级学生。震省毕业于北大哲学系，国记毕业于郑州大学，我则毕业于西北大学。在中央党校学习期间，我们相处甚笃，课余常相约散步……

和你们漫步

正是华灯初上

坦诚的透明

纯净的辉煌

随着早春黄昏的诗

心头划过一缕久违的光

和你们疾行

西天高挂着半个月亮

奋斗的回望

成长的踉跄

伴着耕耘人生的迷惘
胸中掠过明丽的太阳

人生啊　步履匆忙
有一种关心叫牵挂
有一种友情叫久长

给旭东

　　旭东是我相识、相交、相知二十七年的好同事，好朋友，好老弟。2011年由陕西师范大学调往伊犁师院做院领导，记得他赴任时，我们相互激励，依依惜别。记得我曾说："我有机会一定去看你！"今天，他早早地在高速路口迎接，我们终有机会在伊犁相聚！甚喜！甚欢！人生多一知己乃人之大幸也！原定一个半小时的相会，竟过了四个多小时，在哈族毡房欢宴，在原生态的树林里交流，在林则徐纪念馆凭吊，在师院美丽的校园流连，离别时已七点多。我们分别在大路边，他用大杯酒为我和我的同行们送别，接着又发我小诗感怀！我珍惜，我感动……

临别豪酒壮我行

出征犹觉醉意浓

当年书生多意气

而今求实领群英

探亲万里不觉远

分手方晓何为情

欣慰老弟开篇好

愿君九天摘辰星

2012年9月6日凌晨于那拉提和旭东

梦 想

——致《远方》兼送潘阳兄
（附《远方》）

长安　晚上　相府旁

因为诗歌

我们沿着唐塔爬上了月亮

你要拍月亮　月亮不让

于是——

你看古往今来

我望周秦汉唐

你数着光的芒

我捋着芒的光

我说　给灵魂穿一件衣裳

你说　灵魂不需要化妆

我说　每个人身边都有个天堂
你说　我们用诗歌勾画模样

兄弟
在一个没有梦的时代
我们寻找青涩的理想
守着月亮　聊发轻狂

附

远　方
——致保勤兄

潘　阳

那是一个遥远的地方
因为神圣而美丽
因为陌生而想象
为了灵魂不再飘荡

兄弟，

你将诗情放逐到远方

你的激情点燃了寒风

迫使我又一次登楼眺望

看不到的地方都是远方

道路笔直而弯曲

行人弯曲而笔直

我对自己说，下雪了

雪花会飘到远方

我突然觉得

远方就在身旁

当我顺着你的诗意长途跋涉

去远方的时候

兄弟，

你就是我的远方

守　望

——致《相府的灯光》送潘阳兄
（附《相府的灯光》）

灯光并不意味着辉煌

相府只是一个吃饭的地方

虚假有时也人模狗样

扭曲的灵魂也会放光

残存的情怀和幼稚的梦想

让兄弟俩不知天高地厚地爬到天上

不摘星星　不擦月亮

呼唤脚下多点纯真和善良

我们需要把眼睛擦亮

为灵魂守望

不论是西服　还是唐装

我们需要把眼睛擦亮
为灵魂守望

让虚伪知道还有审视的芒

总之，希望大家身体都健康

附

相 府 的 灯 光

——致《梦想》再送保勤兄

潘　阳

相府里灯火辉煌

相府里没有月亮

月光在府外

月亮在天上

于是

我们沿着

诗歌编织的梯子

爬到天上

恭敬地掬把月光

然后捂住双眼

把眼球擦亮

烛光映古今

盲人摸汉唐

我只想掬把月光

你却想搂着月亮

灵魂有时穿西服

灵魂有时着唐装

灵魂有时还裸奔

灵魂其实是我们

每一人眼中的光

兄弟

在没有枕头的床上

我们还残存枯萎的梦想

搂住梦想

放飞轻狂

致 独 行 者

浪迹天涯

用心感觉世界的模样

世界美了

你的心满了

呵呵　一个女孩子家

浪迹天涯

用脚丈量属于天下的尺码

天下小了

你的心大了

呵呵　一个后生家

你说　浪迹天涯

　　独行侠的世界独有风华

我说　行者无涯　留下精华

　　　　行者的胸襟乃是天下

你说　天湖清澈

　　　　纯洁的去处就是我家

我说　不独自美

　　　　把纯的风范向友人传达

你说　雪山巍峨

　　　　在攀援中感受懦弱的懦弱

　　　　在孤独中体味薄发的薄发

我说　记下这一刹那

　　　　人生常常就在那关键的几下

你说　秋风铁马

　　　　我幼稚　磨练让我长大

我说　留下感悟

我们这个民族还没长大

包括你，我，他

浪迹天涯

　　用情抚摸山水　江山如画

浪迹天涯

　　用意丰满人生　人生如花

噢　独行侠

一个女孩子家　一个后生家

可爱　有点傻

青春的记忆

——为女儿欧洲留影题照

你在灿烂中灿烂

欧罗巴的暖阳将红点染

古老的围墙记录着久远

金黄的叶映衬着花蕊的鲜

马克思笑了：

　　　这是东方中国的女儿，真想多看看

恩格斯乐了：

　　　看吧　看吧　她应该属于世界文化遗产

土气

　　　早已不是中国人的专利

笑脸

　　　　　在古罗马的大地上璀璨

自信　优雅　鲜艳

时尚在深秋的草坪上飞扬

不仅仅是表面的光鲜

青春　清纯　大方　大胆

哦

还有我喜欢的傻和不成熟的浪漫

菊

暮色苍茫

雾霭中　一簇金黄

在路旁

长相忆　守轩窗　有暗香

月色初上

星空下　一抹芬芳

旷野中

望天狼　独思量　味悠长

日映东方

晨曦里　生命绽放

枝高扬

沐银露　斗寒霜　俏晨光

江中的乌篷

大江东去
　江中一叶乌篷
艄公独秀
　领一江神韵
　摇浩浩江风
脚踩浪涛
　头顶苍穹
携两岸群山
　如领百万兵
单薄　却举重若轻
孤独　将天地包容

东方曦微
　夜空一颗启明

独秀长空

给暗夜希望

为理想点灯

心怀着憧憬

守望着光明

黑暗的日子留一份清醒

守望的日子为坚强送行

金秋的某一天

（一）

金秋里的某一天

我珍藏一坡枫叶

把这个日子记住

然后

用蓝色的句子

把它养在诗歌里

有些过往

多年之后就会长成一片树

等着那群叫作杜鹃的鸟回来

啼满枝头

（二）

心弦总是

被不听话的秋风牵动
在古都明月的夜

多少年后　我希望
我们依然在寻觅那片红
还有那簇叶
牵着秋在秦岭深处
你依然热烈
漫山的你
摇曳着属于诗的中国红
织就摇曳的中国结
我们是呵护的杜鹃
你是一片刚出窝的红红的雀
叽叽喳喳　漫山遍野

夜深了
窗外一轮冷月
古都的夜

失眠的记忆

昨晚　失眠了　好像做梦

一会儿上了天堂
带着小朋友在雪山捉蜻蜓
蜻蜓飞了
小朋友却成了精灵

一会儿回到大地
随着教授在课堂上梳理人生
教授是美女
她留的作业是友谊　爱情
我不会做
心里只有真诚

一会儿下到地狱

黑暗中向着光明

牵着女儿艰难独行

丫头耍赖　不走了

我背着她

东方已有了虹

失眠的月光

失眠的月光

是诗意的

懒懒地爬在窗棱上

告诉我什么是思乡的模样

失眠的月光

是缠绵的

攀援在窗帘上

陪我消解长夜灯红酒绿的惆怅

失眠的月光

是寂寞的

思念凝成了霜洒在地上

化作那只小手爱吃的白糖

失眠的月光

是残酷的

当日出东方的时候

必须泯灭这一切的想

打点行装　向着远方

了了歌

　　壬辰初夏，登终南山，沐雨、观云、挽风、揽绿、听蝉……归来记趣。

终南知"了"

　　　终南闻知了　漫山都说了
　　　大事可化小　小事不了了
　　　遇事不烦事　事事终有了
　　　人生了未了　不了了也了

终南问"了"

　　　了为红尘事　人人都有了
　　　了了犹未了　未了当了了
　　　当了不了了　不了也了了
　　　了了不为了　为了了不了

终南悟"了"

世间本无了　想了便有了

不了当懂了　懂了不图了

没完如没了　没了也是了

如若了不了　权当已了了

残　荷

曾经
亭亭玉立
一池高洁
一片芬芳
如今
遒枝劲节
凋零着蓬勃
枯萎的辉煌

终南退思

辋川的水
　　　绽着花
携着灵光
泛着妙想
叮咚着凛冽
带着王维的诗
　　　奔向太阳

太乙的雾
　　　挥着纱
含着芬芳
一路缭绕
汹涌着迷惘
披着李白的梦

走向苍茫

蓝关的雪
　　舞着袖
漫天飞扬
挥挥洒洒
翩跹着酣畅
韩愈坐骑的蹄声
　　在雪幕里钝响

翠华的石
　　望天长
嶙峋昂扬
守望秦川
穿越沧桑
见证帝都
　　落日的辉煌

又回乡关

华夏巍峨五千年

穿越沧桑看潼关

守沃野　望长安

关是家的门

门是家的关

将军百战抗倭寇

关隘威武起狼烟

巍巍雄关　梦回乡关

满目春光又阑珊

滔滔黄河九十九道弯

一路奔腾到潼关

望中条　依华山

关是心的结

情结有千千

女娲长卧有风陵

眼底中华好家园

滔滔雄关　又见乡关

会当激流水三千

沙湖随想

（一）

一湖碧水摇荡一池冷清

夕照把大漠染得彤红

晚归的鸟群亲吻着银浪

一弯新月醉了鸟鸣

（二）

黄昏的驼队拉长跋涉的剪影

驼峰　在天际高耸

大漠　苍茫

向前　开启孤独的远征

以光荣的名义为苦难壮行

用苦难为光荣正名

以迎接黑暗的姿态寻找光明

（三）

芦荡的叶

摇碎一池冷月

涟漪化作相思的五线

低音是织女牵挂的波

高音是牛郎追寻的澜

梦醒了

遥问嫦娥　乐在何处？

天上人间？

（四）

芦荡　碧水　飞艇

大漠里流淌着江南的风

蓝天　黄沙　驼峰

夕阳下游走着西北的情

隽永　有着浩瀚

浩瀚　透着空灵

南与北在这里造化天成

掬一泓碧水滋润大漠

吹一把芦花送去柔情

于是就有了塞上的风华

有了江南的神韵

就有了塞上江南的别称

多好的日子

——凤凰情思

多好的日子

熹微的雾　曼妙无比

一丝丝放大你

一缕缕擦拭你

柔柔地关照你

飘摇升腾

　　漫无边际

多好的日子

小河的水　清澈舒缓

一点点地储存你

一滴滴地滋润你

慢慢地收集你

玲珑剔透

淌进心里

多好的日子

诗　化作风

画　柔成雨

沈从文一字字念着你

黄永玉一笔笔描着你

时光在发酵着你

游人在丈量着你

黎明时分斑斑点点的灯

懵懵懂懂　随你走进梦里

关于你

——谒胡适墓

依着山
　　怅望着故居
仿佛依旧坐在书房的沙发里
大脑是否还在小心求证
　　思绪是否还在认真推理
若有所思
　　碧空如洗
与天对话
　　风在私语

傍着树
　　聚焦着无涯的绿
好似旅途中的一次小憩
还在宣讲着少谈点主义？
　　正在解读哪几个问题？

天方夜谭

　　国内国际……

守望家园

　　一目千里

一切似乎刚刚开始

　　讨论尚在继续

曾经

　　中国因了主义而有了精神的大旗

这似乎和你的呐喊有着联系

曾经社会因着攻克难题而生生不息

　　是否也有实用主义的哲学功绩

你曾奔走呼号

　　为了文学为了民族为了抗日战争的胜利

你曾高擎大旗

民主　科学　教育　文化　文明　文艺

你曾红极一时

诸子百家　跨界学政　学贯中西

有时也曾声名狼藉……

你坦然　你淡定

你超然　你奋力

家国情怀

　不离不弃

守护精神

　矢志不移

你　还是你

时光已过了半个世纪

岁月难掩前额的睿智与勃发的英气

镜框中的双目依然宁静致远炯炯犀利

大地说：生命的轨迹必然有高有低

青山说：木秀于林常常有毁有誉

于是　你就是你

大山拥抱着你

清流环绕着你

文化沉淀着你

思想追怀着你

后学记挂着你

胡适！

天地间　有一个大写的你

久远的芬芳

——谒邓丽君墓

看你的时候你已到了天上

柔软的旋律在暮色中飞扬

游人踏着硕大的琴键

追怀天籁的绝响

肃然

晚霞中游弋着如血的残阳

静默

恍然你就在身旁

一个女子的生命

因着旋律而延长

草在低吟

叶在浅唱

看你的时候

你已成为领舞的"舞娘"

洋溢着柔

　　通体金碧着辉煌

散发着美

　　飘逸无限的遐想

倾听

　　山风与小城故事的交响

回味

　　路边的野趣与告诫的花香

朴素的往往会有恒常的品质

属于大地的就有悠远的芬芳

在路上　诗之缘

在路上
与你相见
望长空捕捉灵感
感受上苍赐予的温暖

在空中
与你相见
追随你的浪漫
雨打湿了我的心
风抚摸着我的脸

在心里
与你相见
倾听你的呐喊

寻觅久违的缘

在山上
与你相见
以纯洁的名义见面
用天真和你座谈

一城文化　半城神仙

一城文化半城神仙
保勤辞
意霜林
於西安
中国画
院壬辰
大暑

杨霜林（西安中国国画院副院长）

后 记

　　这些年来，我的一些诗歌，在广播电台常有播出，也承蒙一些朋友的抬爱，拿到晚会、课堂、宴会等场合朗诵，还有一些被收入了朗诵光盘。在朋友们的建议和帮助下，我将这些曾在电台和晚会上朗诵过的诗歌汇集起来，形成了这本《给灵魂一个天堂——致青年》。在我，是希望为诗歌的朗诵作一点贡献。贡献是微不足道的，用心是良好的。

　　毛诗大序讲："诗者，志之所之也。在心为志，发言为诗。情动于中而行于言。言之不足，故嗟叹之。嗟叹之不足，故永歌之。永歌之不足，不知手之舞之、足之蹈之也。"这里讲诗，讲舞，讲诗与舞的关系，也讲诗的吟与咏。诗歌本身是具有吟诵功能的，不过这些年我们似乎有意无意地忽视了这些功能。事实上，社会是有这种需求的，我们也应有这样一种义务和责任。

　　诗歌有抒怀、寄情、明志、喻理的功能，有滋润人的灵魂、提高人的修养、提升人的境界、开阔人的胸襟、美化人的生活等作用。诗歌不是庸俗的说教，不是简单的政治的附和，而是来自灵魂深处的吟唱。因而，我这本书的名字叫《给灵魂一个天堂——致青年》。我觉得，通过朗诵这种形式，可以使诗歌的功能实现得更加充分。

有一次，著名诗人李小雨先生曾认真地对我说："当每一个中国人都写诗的时候，中国就实现了现代化。"这话也许有些绝对，但却有一定的道理。我理解，这是她对于诗的理解、对于诗的情怀、对于诗的一种责任与执著。那么，我愿意用这本小书来为中国的"现代化"作点微小的"贡献"。

收入集子里的诗是我的，但"书"这么一个成果，却是朋友们的。

我要真诚地感谢著名作家陈忠实、高建群和台湾著名诗人余光中为本书题字；感谢著名作家熊召政先生为本书作序；感谢张飙、韩亨林、雷珍民、肖云儒、赵步唐、杨霜林、邢东、王改民、薛养贤、张红春、倪文东、方英文、陈彦、王安泉、李翔宇、贾占强等诸位书画名家为本书所赐墨宝；感谢卫勤先生绘制素描像。感谢他们为这本小书增光添彩。

感谢著名播音艺术家徐涛、海茵、包志坚、赵东安以及朱晓彧、王芳、孙凯、高帆、朱德海等精彩的朗诵，他们的再度创作使这些普通的小诗得到了艺术的升华。

感谢陕西人民广播电台的刘亚梅同志，感谢陕西师范大学出版总社的刘东风、姚蓓蕾同志，感谢所有为本书出版付出努力的朋友们。

薛保勤

2012年8月30日

附 录

诗情与灵魂的对话

李小雨

（原载2011年7月12日《中国青年报》）

"如果一个民族充斥的都是地摊文学，那么这个民族是没有希望的民族；如果一个民族都写诗，那么这个民族则是有希望的民族。"多年前我曾这样说，因为诗歌作为人类精神的永恒追求，作为人类智慧和情感的宝库，千百年来，它给人以宣泄、以抚慰、以修补、以滋润，它已成为一个民族成长发展的重要组成部分。恰如诗人薛保勤先生回答"什么是诗"时所说："只要是发自灵魂深处的吟唱，这种吟唱是真实的、是美的、是动人的，是能够与心灵碰撞并产生共鸣的，就是诗。"这是诗情与灵魂的对话，我十分同意他的观点。

保勤是我在中央党校学习时的同学，他把自己的诗集《送你一个长安》送我。《后记》中一个小标题"时间的碎片"引起了我的注意。他用手机将时间的"下脚料"（碎片）利用起来作诗。这本集子所收的大部分诗，是他在繁忙的工作之余即兴写在手机上的。

这就像古人诗兴袭来提笔泼墨，写在墙壁上一样，颇见性情、灵动、率真，保存着诗歌本真的原生态信息，并在屏幕上扎下根来。在手机上每每拨响"精神家园号码"，显示的则是诗歌的来电。

作者把这些"拇指时代"的诗行称作"时间的碎片"，像块块汉绢唐锦随风飘扬，化成朵朵云彩，盘桓在诗人生活的古都长安，又被诗歌的风吹向故乡，吹向五湖四海，吹向世界，开始了精神的漫游，画出了一条充满诗意的人生轨迹和心路历程。

读保勤的诗，首先感到他对我国古典诗词的热爱和继承。他的诗具有浓郁的诗情画意，境由心生，意从情出。山山水水在诗意的光与影中，有了诗人灵魂的温度、情感的升华。这些诗厚重又飘逸，见禅见理而抒情，朗朗上口，在一种音乐的节拍中，行云流水，云舒云卷般地展开闭合。这些时令的新篇，更有一种晓畅，一种古风。在他笔下，新诗和传统有了和谐的乐章。时下不少新诗语句欧化繁琐，颇似"翻译体"，拒读者于千里之外，丝毫不能看到他们是李白杜甫的传人，这令人扼腕。因为唐诗早被庞德"引进"到欧美，出现了现代主义的诗歌浪潮，而老子的《道德经》则被翻译为"道德诗篇"，更是风靡世界。中国的诗歌应该流淌着《离骚》、唐诗的血液，谁能回归诗乐之邦的长河，在那里生生不息，谁就能脱颖而出，超过同时代人。

但是从浩如烟海的古诗词中羽化而出，最忌陈词滥调，把古人绝句珠玑一一堆积，变为己物，看似得意实为拾人牙慧。这与对西方诗歌的"拿来主义"一样也是误入歧途。更何况许多诗词古意、语言背景已时过境迁。诗人不应在形式上甚至语言中盘根据点，而应挖掘灵魂深处的火与光，深入事物的本质，融化客体、表象为玉液琼浆，自然而然就能形成属于自己的独创性诗歌。就像李白呈现诗歌的气度，无论是仙风道骨，或是浩然之气，都事关诗歌的成败；杜甫则是像火焰一般，灼热、沉郁、滚烫，像赤子之心，让花溅泪。因此，诗歌气质的养成，同样也需要有宏阔的历史背景和思想的深入。

长安作为唐诗伟大的诞生地，飞鸟遗音，这本诗画音乐合一的诗集，正是得此给养、油然而生的诗情画意，显示出一种气度和胸襟：

送你一个长安/蓝田先祖/半坡炊烟/幽王烽火/天高云淡/沿一路厚重走向久远

——《送你一个长安》

诗人满怀机敏才思，"送你一个长安/还有祥云一片"，这里有李白、杜甫；"一城文化，半城神仙"，可谓神情、神韵、神气、精神合一，高度概括、高度洗练。这片诗歌的云板借今古雄风直上长天，鹤舞九霄。

格外要提出的是，我们切不可以诗的长短来论优劣，短制短句更加难写，因为小诗句也要有大背景，是要在深远的历史和哲学背景之下挤压出来的，它应有广博的包容和深刻的内涵。所谓呕心沥血、画龙点睛即是。

　　古人讲诗画合一，在这部诗集里，作者用手机写诗，还用像素传达江山如画的灵魂。伟大的自然震撼人心，面对天然的光与影的世界，那自然之美，使灵魂出壳。保勤不仅用手机捕捉诗意，还用相机捕捉画面。诗就是画面的灵魂。

　　且看他的一首首谣曲，是大地内心的歌唱，是故乡在心田上的抖动：

　　　水是天上的水/天是水中的天/天水的交融/就有了这不
　　同凡响的烂漫

　　　草是水中的草/蓝是天上的蓝/不经意的组合/就有了会
　　思想的草的期盼

　　　　　　　　　　　　　　　——《烂漫——云水谣》

　　这里的一草一木不仅有思想，还有浪漫主义的花和叶。不仅有高度的概括、闪电飞云般的句式，还有情景交融的美丽的梦境。

　　保勤的诗，还体现出一种明亮向上、充满美好希望的大爱。他说过："人类从来就有向上、坚韧、光明、乐观的品质，这种'天性'，应该成为我们面对苦难的精神底色。"

　　问天，何为天，诗人说《百姓是天》，歌颂民众中的英雄，可见诗人的民本思想。

　　大爱无限无疆，莫不动情，诗人的脚步不是特意在斑驳绿锈的古意中吊古伤今、屐印青苔，而是风声雨声国事家事皆关心情。在汶川、玉树发生地震时，诗人从抒写人物的角度来表现震情，真挚、新颖、感人肺腑；他歌唱赴玉树援青牺牲的志愿者熊宁为"最美的女孩"；他歌唱抢险救灾、铁骨柔肠的老将军的泪痕；他歌唱西昌火箭升空，"太空那一抹中国红"；他歌唱澳大利亚爱国华人，"你的眼睛会告诉我/如果有一天/你真的喜欢了我/这世界将变得鲜活"……

这种情感的涟漪，继续扩散，现实的世界只是一个地球村，而心灵的世界多么辽阔无垠。全书波光粼粼，在明亮的阳光中，情感的潮水，闪闪发光。

白云飘曳，彩云翻飞，即使有几朵乌云也被作者化成泪花。他不论写重大题材，还是凡人小事，皆贴近时代生活，歌唱人性的闪光。

在他的一些诗里，暖色成为主色调，人的内心不仅有灯盏，而且具有不可磨灭的发光的本色。理想主义的火把，成为这本诗集的一大亮点，照耀在字里行间，这些温暖的簇簇小火，抚慰着冰冷现实中人们疲惫的心灵。

保勤的诗选材广阔，行万里路，读万卷书，胸怀天下，诗歌有永远的远行和故乡。

江南飞鸢，塞外风光，关中春秋，古道热肠；爱琴海上的一枝梅，慕尼黑的夕照，革命老区的风韵，日月潭的风月，京中的荷花，等等，天下之物莫不入诗眼，莫没有诗境，诗中乾坤大。这是一种诗化的结果，也是大自然对心灵的赐予。作者写出了平凡之物的光与影、温暖与飞翔。

即便是一些小诗，也意境灵动，机趣、自然、朴素，四两拨千斤。摇羽化蝶之中完成诗歌的连环跳跃，就像云化成雨，使形象跃然纸上。细节的描写也尤为传神。禅意对作者的影响，则体现在《终南问禅》里：紫竹挽风说命运，莲台接云悟人生。

这两句可对应"一城文化，半城神仙"，被人视为神来之笔。写下这样的句子，诗人的内心必然淡定，早已从浮躁的都市中抽身，化蝶，翩跹在自然的境界中。

在山中任风云起伏，也可能是小隐，而能淡望都市之灯火，达到入定、光明之境才是大隐。也就是小隐隐于野、大隐隐于市的意思。

作者多次写作"禅"诗，不是消极避世，而是对生活对苦难的认知通透，泰然包容，这也是他历经人世坎坷之后的一种淡定，这更是一种人生智慧，无虚无空，坐在大宇宙之中，静观，轻抚，用爱和美护佑万物，用真和善涂染价值观念和精神底色。在这本诗集中，还配有不少镜头中的画面，诗句与影像相辅相成，于一山一水中都有微笑，于一明一暗中都有蕴藏，继续着他诗情与灵魂的永恒的对话……

这也难怪保勤的《送你一个长安》被选定为"2011西安世界园艺博览会"主题歌。我期待着读者随歌曲《送你一个长安》的旋律，走进这本《送你一个长安》。

文化继承与新诗创造

——以薛保勤诗歌为例

杨乐生

（原载2011年12月20日《人民日报》）

　　诗歌在今天中国的处境很尴尬，写诗的人恐怕比读诗的人都多，是诗人们都在挠痒痒般地自娱自乐？还是读者的审美眼光在急剧下降？抑或是进入市场经济时代，人们把钱看得比不能吃喝的诗要紧得多？在这个大的背景下，诗人薛保勤诗歌写作的意义便凸现出来了。

　　如果锤炼语言的关都过不了，我看不出今天诗歌写作的前途何在。薛保勤的诗很好读，有适宜朗诵的优长，和那些晦涩的、叫人不知所云的所谓"诗"形成了鲜明的对比。前不久读到了人民文学出版社新版的薛保勤诗集《送你一个长安》，这种感觉就更强烈了。"后朦胧诗"以来，我对当代诗坛的总体印象是"一般化"。中国当代诗歌理应是现代汉语中最为精华的部分，而令人失望的是人们看到的事实大多并非如此。诗是艺术的极致，诗的高度就是一个地区或民族艺术的高度。纯洁汉语、捍卫汉语的诗性，是每一个作家、诗人的天职。在网络语言铺天盖地潮水般地冲击现代汉语规范性的时候，在众多以文字讨生活者日渐失去自我、随波逐流的时候，我以为正好是有出息的诗人、作家挺身而出的最好时机——面对流俗保持清醒，面对庸俗坚守个性，面对实惠追求审美，面对泛滥的物质寻觅精神的飞扬！诗人何幸？！历史既然赐给我们义不容辞的文化担当，为什么不慨然承担呢？我并不是说薛保勤的诗歌写作已经到了毫无瑕疵的程度，在此我只想强调的是薛保勤诗歌实验，走的是诗人的大道，是诗人通过自我表现进入历史、社会、现实人生以及未来的一条正路子。当然，不言而喻也是对那些走上邪路的所谓"写作"的一种警示和严肃的校正。朗朗上口说起来容易，做起来绝不容易。其中隐含的大问题是当代诗歌的韵律、节奏乃至艺术形式等近百年来困扰自由诗发展的几代人纠缠不休的话题。

　　自由诗，众所周知就是新诗的别称，其"自由"自其诞生之日起我们已经见识90多年了，但是如何"自由"，"自由"到什么程度，恐怕今天也还讲不清楚。《尝试集》是创辟性质的，有明显的"过渡性"，尽管其中存有至今还值得借鉴的东西。"女神体"影响巨大，追随者众多，但是不是太自由了？李金发一路尽管饱受非议，但其探索精神值得肯定，更何况有后继者如穆旦等不少人艺术上的成功。"七月派"等诗人群落在不同的侧重点上都对新诗作出了贡献。至于向民歌学习的作品，以宣传为宗旨的标语口号式的作品，其不足是显而易见的。就我个人喜好而言，闻一多、徐志摩、戴望舒、卞之琳、梁宗岱、林庚、叶公超、艾青等人前赴后继地有关新诗格律追求的作品最让我心动。当然，这只是笼统而言的，其中不同的人有着不同的主张和实验，有些甚至是对立的。但他们有一个大致相同的艺术理想或目标，就是寻求中国新诗最恰当的表现形式，这种形式是和白话文、现代汉语血肉相连的，艺术上要求内在的韵律、节奏和外在形式的字数、行数、句子的长短等的和谐统一。至少在我看来，这些不同的诗人们在艺术上的共同追求，是"五四"以来的自由诗最接近成熟，最能充分体现现代汉语优势，最能较多地承继中国语言传统，最能发挥和张扬汉语美感的成功的艺术实践。

正是在这个意义上，我情不自禁地为薛保勤叫好，他正好沿着这一脉新的诗歌传统进行自己的艺术跋涉，并且取得成绩。尽管我们从他的诗集中可以看出郭小川、贺敬之以及闻捷等人的影响，包括朦胧诗前后如北岛、顾城以及海子的蛛丝马迹，甚至是古典诗词的优美篇章，以及普希金、拜伦、雪莱等的影响，但并不影响我对他艺术的整体评价：博采众长，化为己用。《送你一个长安》就不用多说了。其他如《致青年》《问天》《记忆的碎片》《看荷》《题日月潭》等都是非常典型的有强烈形式感追求的好诗。仅以古典诗词与自由诗的关系论，近百年来两者的关系都没有摆好，没有理顺。新诗的"新"，不可能是全新，她必然渗透着中国语言的精、气、神，就像现代汉语不可能是纯粹的"现代"一样，千百年来积累的财富，只有败家子才扔得一分一文都不剩。而且，在文化的传承上这种情形是不可能出现的。文化是血脉里的胎记，你永远去不掉，不是一件破褂子，想扔就扔了。一味膜拜传统要不得，无视、蔑视传统更要不得！多年来我们在文化上没个正性，忽左忽右，忽高忽低，忽冷忽热，忽起忽伏，众说纷纭，莫衷一是。如果只谈诗，聂绀弩、杨宪益等的"新古体"诗，何尝又不可作为新诗读之？新诗人卞之琳、林庚等人的作品，又何尝不可以作为新传统诗而阅读呢？两者的融汇、吸收以至贯通，我看就是当代诗歌写作的出路所在了。

　　在此，我借用一句话赠给诗人薛保勤：深信你对于诗的认识，是超越"中外""新旧"和"大小"的短见的；深信你是能够了解和感到"刹那的永恒"的人。

诗满长安长有福

党圣元

（原载2012年7月23日《文艺报》）

　　闻一多先生曾经说，我们要研究的，不是"唐诗"，而是"诗唐"，诗化的唐朝。而"诗唐"显然离不开"诗长安"。曲江游宴、终南别业、灞桥风雪等等丰富多彩的审美意象，以及奔游于长安的一群群诗人组像，活化出一个诗意盎然的长安——而今安在哉？常怀思古之幽情者，面对今日之"西安"，或许会作如是问。薛保勤诗作《送你一个长安》或许给我们提供了一个答案。该诗被选定为"2011西安世界园艺博览会"主题歌，一时广为传诵；其中作为该诗"诗眼"的"一城文化，半城神仙"更是常见于报纸上、广外广告牌上，已成为宣传西安城市文化形象的一张"名片"。这既是薛保勤的荣耀，何尝不也是西安城的福气呢？

　　"一城文化，半城神仙"，可谓"妙手偶得之"，抓住了西安城的精魂。我们似乎已经进入了一个文化创意的时代，经常看到商家为营销、一些地方政府为宣传城市形象，不惜重金征求富于创意的广告词，但真正富于创意而让人眼睛一亮的广告词却往往并不多见。如何才能产生或获得真正的创意？"重赏之下必有勇夫"，但重金却未必就能催生出真正的创意。"欲速则不达"，真正的创意需要长期涵养而成之"妙手"——这是薛保勤诗集《送你一个长安》给我们的重要启示之一。

　　薛保勤上世纪80年代就开始写诗,并有诗作发表,而这本诗集收录的是他近几年工作之余、忙里偷闲写出的作品。从体裁上来说,该书上篇收录的主要是现代自由诗,中篇则侧重古体诗,可见诗人在古典诗词方面的修养。下篇是配画诗,这是古代文人创作中的一种常见体式,薛先生将自己的摄影作品配以自己的诗作,则也可谓"别开了一番生面"。从内容上来说,以《送你一个长安》为代表作,《雁塔夜题》《曲江写意》《雨中杜陵》《终南问禅》等一系列诗作,为我们勾勒出了一个"诗长安"。亦如大唐"诗长安"决不封闭于一隅,她的诗意向四方散发,薛保勤将自己的诗意笔触伸向中华大地并且远及欧罗巴。其中咏物写景诗偶得禅趣之处很有古风,如《终南问禅》中"紫竹挽风说命运,莲台接云悟人生"等句,其他如《叶与空》《禅》等诗作也颇见禅机。而这些颇富禅意的诗作传达的是诗人的人生感悟,绝无消极避世之意。

　　诗人以浓重的笔墨描画、歌颂着我们这个时代。《送你一个长安》不仅描述了长安由"蓝田先祖/半坡炊烟"直至"唐风汉韵"的悠久历史与文化,而且也吟唱着"科教高地/中国名片/以奋飞的姿态抒写盛世经典"、"长箭揽月/飞豹猎犬/借今古雄风直上九天"的当代风貌。诗人还有两首关于四川、青海地震的诗作也流传极广,一首是歌颂人民军队抗震救灾的丰功伟绩的《将军,你不要流泪》,另一首是以在救灾中不幸遇难的西安女孩熊宁为题材而创作的朗诵诗《大爱无垠》，诗人还主持编写了《蓝天下的永恒——最美女孩熊宁》一书，如《大山的思念——郭孝义祭》《百姓是天——巨粉娥祭》等作品也受到好评。诗人以饱满的热情颂扬我们这个时代的英雄。

　　诗满长安长有福。如果只有强盛的国力而没有"诗唐""诗长安"，大唐盛世又会给今天的我们留下什么呢？"后之视今，犹今之视昔"，随着综合国力的逐渐提高，我们在文化上的自觉、自信及自强的愿望越来越强烈，但是我们不应忽视的是，相比于经济，文化的发展需要涵养和慢工夫。"欲速则不达"，过分地急功近利，试图用大量的金钱"砸"出文化，往往是不能成功的。要创造出无愧于我们这个时代的文化和文艺，需要一种从容、淡定的心态——这或许是薛保勤诗歌创作及其成果给我们最大的启示。

感悟《了了歌》

孔 明

（原载2012年11月14日《西安晚报》）

初夏蝉鸣的一日早晨，我正在湖边欣赏"小荷才露尖尖角"，忽然收到薛公手机发来三首《了了歌》。

其一为《终南知"了"》：

"终南闻知了/漫山都说了/大事可化小/小事不了了/遇事不烦事/事事终有了/人生了未了/不了了也了。"

其二为《终南问"了"》：

"了为红尘事/人人都有了/了了犹未了/未了当了了/当了不了了/不了也了了/了了不为了/为了了不了。"

其三为《终南悟"了"》：

"世间本无了/想了便有了/不了当懂了/懂了不图了/没完如没了/没了也是了/如若了不了/权当已了了。"

接连读了三遍，禁不住心灵的快意，便用手机回复曰："知而问，问而悟，诗意通透明澈，诗境豁然开朗，如日光之穿凿碧海，如月辉之照耀花园，人生真相宛若图画之上。咦！唯有诗心不能逼真勾画，唯有诗才不能穿越幻相，唯有诗情不能拈花微笑。'三了'诗人诗性深厚，诗情饱和，诗思独特，诗化人生阅历于胸，诗携人生觉悟如禅，诗如泉涌，化清流而为溪，积明潭而为镜，吟之味之，不叹而何？"

　　一通即兴感叹发出，数日仍觉意犹未尽。欲了不能了，脑海一闲下来便咀嚼再再，多少次都生出如莲的喜悦。友人是官人，更是诗人，阅历人生半百年，一直未改诗家情怀。薛公自注云："壬辰初夏，登终南山，沐雨、观云、挽风、揽绿、听蝉……归来记趣。"我是会心一笑，便自沉吟：趣是真趣，却与人生阅历关连化合，禅机伏焉。薛公是走了终南捷径，诗性点拨了悟性，心灵化清流，清流随幽谷，这才有了"沐雨、观云、挽风、揽绿、听蝉"的机缘雅兴么？云亲峰峦，是缠绵来了；雨露禾苗，是滋润来了。诗人的情怀伴随诗人的觉悟一路行走，一路歌吟，一路赏心悦目。极目云卷云舒，放眼花开花落，诗禅一如，心无旁骛。自拈花而微笑，独吟诗而窃喜。山高不碍白云飞，白云亦不远红尘。禅悟《了了歌》，如此诞生了！

　　与其说《了了歌》是诗，毋宁说《了了歌》是画，是写意的晴空里一抹白云，是写真的碧水中鱼翔浅底。明白如画，却未必人人明白，诚如一叶知秋，未必人人知秋一样。天地轮回，过来人似乎都自视哲人，实际上呢？芸芸众生，几人知"了"？即使知"了"，几人能"了"？首先是不"了"，其次是难"了"，最后是悟"了"，结果是晚"了"。此是人生大无奈，也是人生无上的智慧所在。

　　《了了歌》是云豁中闪现的一镰月白，是草丛中掩映的一脉溪亮，是蜻蜓点绿水，是画笔勾娥眉，会意传神尽在"白话"一般的诗行里。月在云上，月知高低；溪通涧水，溪知深浅。看山是山，看水是水；看山不是山，看水不是水；看山还是山，看水还是水。诗人是大阅历后，一转身大觉悟了。了了人生，人生了了。水中月是月么？镜中花是花乎？一掬水中月，半醒梦里人。

　　《了了歌》在"了"，亦不在"了"，仁智自见，贤愚自解，聪悟自通。横看成岭，侧看成峰，都眼见为实，都眼见的并非全部。你以为是"了"，我以为不是"了"；你以为已"了"，我以为还未"了"；你想着一了百了，难道"一了"真能"百了"？"了"是家常话，柴米油盐酱醋茶；"了"是一味禅，赤橙黄绿青蓝紫。诗人"了了"于胸，才有了《了了歌》脱口而出。然而，"芳树无人花自落，春山一路鸟空啼"。芳树孤独，春山寂寞。

路断人稀绝胜处 满目红叶散秋香

路断人稀绝胜疆满目红叶散秋香
岁在壬辰古日於王岳品逸

王安泉（著名书画家，作家，编审，陕西书画院副院长兼秘书长，陕西山水画研究院常务理事）

朗 诵 光 盘 目 录

上篇　岁月的回想

《送你一个长安》（海　茵　包志坚）

《送你一个长安》（赵冬安）

《将军，你不要流泪》（徐　涛）

《大爱无垠》（海　茵）

《咸阳吟》（海　茵　包志坚）

《咸阳吟》（徐　涛）

《一夜千年——丽江印象》（海　茵）

《问天——兵马俑祭》（朱德海）

《俑的自述》（包志坚）

《在陕北　歌》（孙　凯）

《在陕北　老农》（孙　凯）

《在陕北　听山》（孙　凯）

《在陕北　山汉》（孙　凯）

《在陕北　雾》（孙　凯）

《走进延安》（赵冬安）

《山丹丹》（朱晓彧）

《井冈题照》（海　茵　孙　凯）

《井冈随想》（孙　凯）

《拉着你的手》（王　芳）

《嘉陵江随想》（王　芳　高　帆）

《岁月的回想》（海　茵　孙　凯）

《太空，那抹中国红》（赵冬安）

《把灵魂打扫干净——致友人》（海　茵）

《阿尔卑斯山的云》（海　茵）

《泸沽云》（朱晓彧）

《泸沽水》（朱晓彧）

《历史的交响》（朱晓彧）

中篇　给灵魂一个天堂

《致青年》（海　茵　孙　凯）

《呼唤》（王　芳）

《给灵魂一个天堂》（王　芳）

《把灵魂放到高处》（孙　凯）

《追求》（孙　凯）

《绝不》（高　帆）

《我坚信》（高　帆）

《一个丑恶的灵魂能够走多远》（海　茵　孙　凯）

《在路上　星》（王　芳）

《在路上　月》（王　芳）

《在路上　霞》（王　芳）

《在路上　河》（王　芳）

《在路上　学校》（王　芳）

《我为月亮梳妆》（王　芳）

《沈园咏叹》（海　茵）

《夜行》（高　帆）

《地狱与天堂》（孙　凯）

《雁塔夜题》（孙　凯）

《故乡》（外一首）（海　茵）

《春天的花与秋天的果——我与人生的对话》（海　茵　孙　凯）

《生活》（海　茵）

《夜的眼睛》（海　茵）

《红叶，你好！》（王　芳）

《青春的备忘——一个知青的往事追怀》（海　茵　高　帆）

附篇　歌曲

《摇篮与风帆》（作词　薛保勤/作曲　韩兰魁/演唱　中央广播电
　台少年合唱团）

《送你一个长安》（作词　薛保勤/作曲　甘　霖/演唱　韩　磊）

《送你一个长安》（童声版）（作词　薛保勤/作曲　甘　霖）

《一夜千年》（作词　薛保勤/作曲　韩兰魁/演唱　杨　瑾）

《呼唤》（作词　薛保勤/作曲　郭　强/演唱　苏　丹）